Diogenes Taschenbuch 22953

Bernhard Schlink

# *Der Vorleser*

*Roman*

Diogenes

Die Erstausgabe erschien 1995
im Diogenes Verlag
Umschlagillustration: Ernst Ludwig Kirchner,
›Nollendorfplatz‹, 1912 (Ausschnitt)
Mit freundlicher Unterstützung von
Dr. Wolfgang Henze und
Ingeborg Henze-Ketterer, Wichtrach/Bern

Veröffentlicht als Diogenes Taschenbuch, 1997
Alle Rechte vorbehalten
Copyright © 1995
Diogenes Verlag AG Zürich
www.diogenes.ch
500/11/8/70
ISBN 978 3 257 22953 0

I

Als ich fünfzehn war, hatte ich Gelbsucht. Die Krankheit begann im Herbst und endete im Frühjahr. Je kälter und dunkler das alte Jahr wurde, desto schwächer wurde ich. Erst mit dem neuen Jahr ging es aufwärts. Der Januar war warm, und meine Mutter richtete mir das Bett auf dem Balkon. Ich sah den Himmel, die Sonne, die Wolken und hörte die Kinder im Hof spielen. Eines frühen Abends im Februar hörte ich eine Amsel singen.

Mein erster Weg führte mich von der Blumenstraße, in der wir im zweiten Stock eines um die Jahrhundertwende gebauten, wuchtigen Hauses wohnten, in die Bahnhofstraße. Dort hatte ich mich an einem Montag im Oktober auf dem Weg von der Schule nach Hause übergeben. Schon seit Tagen war ich schwach gewesen, so schwach wie noch nie in meinem Leben. Jeder Schritt kostete mich Kraft. Wenn ich zu Hause oder in der Schule Treppen stieg, trugen mich meine Beine kaum. Ich mochte auch nicht essen. Selbst wenn ich mich hungrig an den Tisch setzte, stellte sich bald Widerwillen ein. Morgens wachte ich mit trockenem Mund und dem Gefühl auf, meine Organe lägen schwer und falsch in meinem Leib. Ich schämte mich, so schwach zu sein. Ich schämte mich besonders, als ich mich übergab. Auch das war mir noch nie in meinem Leben passiert. Mein Mund füllte sich, ich versuchte, es hinunterzuschlucken, preßte die Lippen aufeinander, die Hand vor den Mund, aber es brach aus dem Mund und durch die Finger. Dann stützte ich mich an die Hauswand, sah auf das Erbrochene zu meinen Füßen und würgte hellen Schleim.

Die Frau, die sich meiner annahm, tat es fast grob. Sie nahm meinen Arm und führte mich durch den dunklen Hausgang in den Hof. Oben waren von Fenster zu Fenster Leinen gespannt und hing Wäsche. Im Hof lagerte Holz; in einer offenstehenden Werkstatt kreischte eine Säge und flogen die Späne. Neben der Tür zum Hof war ein Wasserhahn. Die Frau drehte den Hahn auf, wusch zuerst meine Hand und klatschte mir dann das Wasser, das sie in ihren hohlen Händen auffing, ins Gesicht. Ich trocknete mein Gesicht mit dem Taschentuch.

»Nimm den anderen!« Neben dem Wasserhahn standen zwei Eimer, sie griff einen und füllte ihn. Ich nahm und füllte den anderen und folgte ihr durch den Gang. Sie holte weit aus, das Wasser platschte auf den Gehweg und schwemmte das Erbrochene in den Rinnstein. Sie nahm mir den Eimer aus der Hand und schickte einen weiteren Wasserschwall über den Gehweg.

Sie richtete sich auf und sah, daß ich weinte. »Jungchen«, sagte sie verwundert, »Jungchen.« Sie nahm mich in die Arme. Ich war kaum größer als sie, spürte ihre Brüste an meiner Brust, roch in der Enge der Umarmung meinen schlechten Atem und ihren frischen Schweiß und

6

wußte nicht, was ich mit meinen Armen machen sollte. Ich hörte auf zu weinen.

Sie fragte mich, wo ich wohnte, stellte die Eimer in den Gang und brachte mich nach Hause. Sie lief neben mir, in der einen Hand meine Schultasche und die andere an meinem Arm. Es ist nicht weit von der Bahnhofstraße in die Blumenstraße. Sie ging schnell und mit einer Entschlossenheit, die es mir leicht machte, Schritt zu halten. Vor unserem Haus verabschiedete sie sich.

Am selben Tag holte meine Mutter den Arzt, der Gelbsucht diagnostizierte. Irgendwann erzählte ich meiner Mutter von der Frau. Ich glaube nicht, daß ich sie sonst besucht hätte. Aber für meine Mutter war selbstverständlich, daß ich, sobald ich könnte, von meinem Taschengeld einen Blumenstrauß kaufen, mich vorstellen und bedanken würde. So ging ich Ende Februar in die Bahnhofstraße.

## 2

Das Haus in der Bahnhofstraße steht heute nicht mehr. Ich weiß nicht, wann und warum es abgerissen wurde. Über viele Jahre war ich nicht in meiner Heimatstadt. Das neue Haus, in den siebziger oder achtziger Jahren gebaut, hat fünf Stockwerke und einen ausgebauten Dachstock, verzichtet auf Erker oder Balkone und ist glatt und hell verputzt. Viele Klingeln zeigen viele kleine Apartments an. Apartments, in die man einzieht und aus denen man auszieht, wie man Mietwagen nimmt und abstellt. Im Erdgeschoß ist derzeit ein Computerladen; davor waren dort ein Drogeriemarkt, ein Lebensmittelmarkt und ein Videoverleih.

Das alte Haus hatte bei gleicher Höhe vier Stockwerke, ein Erdgeschoß aus diamantgeschliffenen Sandsteinquadern und drei Geschosse darüber aus Backsteinmauerwerk mit sandsteinernen Erkern, Balkonen und Fensterfassungen. Zum Erdgeschoß und ins Treppenhaus führten ein paar Stufen, unten breiter und oben schmaler, auf beiden Seiten von Mauern gefaßt, die eiserne Geländer trugen und unten schneckenförmig ausliefen. Die Tür war von Säulen flankiert, und von den Ecken des Architravs blickte ein Löwe die Bahnhofstraße hinauf, einer sie hinunter. Der Hauseingang, durch den die Frau mich in den Hof zum Wasserhahn geführt hatte, war der Nebeneingang.

Schon als kleiner Junge hatte ich das Haus wahrgenommen. Es dominierte die Häuserzeile. Ich dachte, wenn es sich noch schwerer und breiter machen würde, müßten die angrenzenden Häuser zur Seite rücken und Platz machen. Innen stellte ich mir ein Treppenhaus mit Stuck, Spiegeln und einem orientalisch gemusterten Läufer vor, den blankpolierte Messingstangen auf den Stufen hielten. Ich erwartete, daß in dem herrschaftlichen Haus auch herrschaftliche Menschen wohnten. Aber da das Haus von den Jahren und vom Rauch der Züge dunkel geworden war, stellte ich mir auch die herrschaftlichen Bewohner düster vor, wunderlich geworden, vielleicht taub oder stumm, bucklig oder hinkend.

Immer wieder habe ich in späteren Jahren von dem Haus geträumt. Die Träume waren ähnlich, Variationen eines Traums und Themas. Ich gehe durch eine fremde Stadt und sehe das Haus. In einem Stadtviertel, das ich nicht kenne, steht es in einer Häuserzeile. Ich gehe weiter, verwirrt, weil ich das Haus, aber nicht das Stadtviertel kenne. Dann fällt mir ein, daß ich das Haus schon gesehen habe. Dabei denke ich nicht an die Bahnhofstraße in meiner Heimatstadt, sondern an eine andere Stadt oder ein anderes Land. Ich bin im Traum zum Beispiel in Rom, sehe da das Haus und erinnere mich, es schon in Bern gesehen zu haben. Mit dieser geträumten Erinnerung bin ich beruhigt; das Haus in der anderen Umgebung wiederzusehen kommt mir nicht sonderbarer vor als das zufällige Wiedersehen mit einem alten Freund in fremder Umgebung. Ich kehre um, gehe zum Haus zurück und die Stufen hinauf. Ich will eintreten. Ich drücke die Klinke.

Wenn ich das Haus auf dem Land sehe, dauert der Traum länger, oder ich erinnere mich danach besser an seine Details. Ich fahre im Auto. Ich sehe rechter Hand das Haus und fahre weiter, zuerst nur darüber verwirrt, daß ein Haus, das offensichtlich in einen städtischen Straßenzug gehört, auf freiem Feld steht. Dann fällt mir ein, daß ich es schon gesehen habe, und ich bin doppelt verwirrt. Wenn ich mich erinnere, wo ich ihm schon begegnet bin, wende ich und fahre zurück. Die Straße ist im Traum stets leer, ich kann mit quietschenden Reifen wenden und mit hoher Geschwindigkeit zurückfahren. Ich habe Angst, zu spät zu kommen, und fahre schneller. Dann sehe ich es. Es ist von Feldern umgeben, Raps, Korn oder Wein in der Pfalz, Lavendel in der Provence. Die Gegend ist flach, allenfalls leicht hügelig. Es gibt keine Bäume. Der Tag ist ganz hell, die Sonne scheint, die Luft flimmert, und die Straße glänzt vor Hitze. Die Brandmauern lassen das Haus abgeschnitten, unzulänglich aussehen. Es könnten die Brandmauern irgendeines Hauses sein. Das Haus ist nicht düsterer als in der Bahnhofstraße. Aber die Fenster sind ganz staubig und lassen in den Räumen nichts erkennen, nicht einmal Vorhänge. Das Haus ist blind.

Ich halte am Straßenrand und gehe über die Straße zum Eingang. Niemand ist zu sehen, nichts zu hören, nicht einmal ein ferner Motor, ein Wind, ein Vogel. Die Welt ist tot. Ich gehe die Stufen hinauf und drücke die Klinke.

Aber ich öffne die Tür nicht. Ich wache auf und weiß nur, daß ich die Klinke ergriffen und gedrückt habe. Dann kommt mir der ganze Traum in Erinnerung und auch, daß ich ihn schon geträumt habe.

## 3

Ich wußte den Namen der Frau nicht. Mit dem Blumenstrauß in der Hand stand ich unschlüssig vor der Tür und
den Klingeln. Ich wäre lieber umgekehrt. Aber dann kam
ein Mann aus dem Haus, fragte, zu wem ich wolle, und
schickte mich zu Frau Schmitz im dritten Stock.

Kein Stuck, keine Spiegel, kein Läufer. Was das Treppenhaus ursprünglich an bescheidener, der Prächtigkeit
der Fassade nicht vergleichbarer Schönheit besessen haben
mochte, war längst vergangen. Der rote Anstrich der Stufen war in der Mitte abgetreten, das geprägte grüne Lin-
oleum, das neben der Treppe schulterhoch an der Wand
klebte, abgewetzt, und wo im Geländer die Stäbe fehlten,
waren Schnüre gespannt. Es roch nach Putzmitteln. Vielleicht ist mir das alles auch erst später aufgefallen. Es war
immer gleich schäbig und gleich sauber und gab immer
den gleichen Putzmittelgeruch, manchmal gemischt mit
dem Geruch nach Kohl oder Bohnen, nach Gebratenem
oder nach kochender Wäsche. Von den anderen Bewohnern des Hauses lernte ich nie mehr kennen als diese
Gerüche, die Fußabtritte vor den Wohnungstüren und die
Namensschilder unter den Klingelknöpfen. Ich erinnere

mich nicht, im Treppenhaus jemals einem anderen Bewohner begegnet zu sein.

Ich erinnere mich auch nicht mehr, wie ich Frau
Schmitz begrüßt habe. Vermutlich hatte ich mir zwei, drei
Sätze über meine Krankheit, ihre Hilfe und meinen Dank
zurechtgelegt und habe sie aufgesagt. Sie hat mich in die
Küche geführt.

Die Küche war der größte Raum der Wohnung. In ihr
standen Herd und Spüle, Badewanne und Badeofen, ein
Tisch und zwei Stühle, ein Küchenschrank, ein Kleiderschrank und eine Couch. Über die Couch war eine rote
Samtdecke gebreitet. Die Küche hatte kein Fenster. Licht
fiel durch die Scheiben der Tür, die auf den Balkon führte.
Nicht viel Licht – hell war die Küche nur, wenn die Tür
offenstand. Dann hörte man aus der Schreinerei im Hof
das Kreischen der Säge und roch das Holz.

Zur Wohnung gehörte noch ein kleines und enges
Wohnzimmer mit Anrichte, Tisch, vier Stühlen, Ohren-
sessel und einem Ofen. Dieses Zimmer wurde im Winter
fast nie beheizt und auch im Sommer fast nie benutzt.
Das Fenster ging zur Bahnhofstraße und der Blick auf
das Gelände des ehemaligen Bahnhofs, das um- und um-
gewühlt wurde und auf dem hier und da schon die Fun-
damente neuer Gerichts- und Behördengebäude gelegt
waren. Schließlich gehörte zur Wohnung noch ein fen-
sterloses Klo. Wenn es im Klo stank, stank es auch im
Gang.

Ich erinnere mich auch nicht mehr, was wir in der
Küche geredet haben. Frau Schmitz bügelte; sie hatte eine
Wolldecke und ein Leintuch über den Tisch gebreitet und

nahm ein Wäschestück nach dem anderen aus dem Korb, bügelte es, faltete es und legte es auf den einen der beiden Stühle. Auf dem anderen saß ich. Sie bügelte auch ihre Unterwäsche, und ich wollte nicht hinschauen, konnte aber auch nicht wegschauen. Sie trug eine ärmellose Kittelschürze, blau mit kleinen, blassen, roten Blüten. Sie hatte ihr schulterlanges, aschblondes Haar im Nacken mit einer Spange gefaßt. Ihre nackten Arme waren blaß. Die Handgriffe, mit denen sie das Bügeleisen aufnahm, führte und absetzte und dann die Wäschestücke zusammen- und weglegte, waren langsam und konzentriert, und ebenso langsam und konzentriert bewegte sie sich, bückte sich und richtete sich auf. Über ihr damaliges Gesicht haben sich in meiner Erinnerung ihre späteren Gesichter gelegt. Wenn ich sie vor meine Augen rufe, wie sie damals war, dann stellt sie sich ohne Gesicht ein. Ich muß es rekonstruieren. Hohe Stirn, hohe Backenknochen, blaßblaue Augen, volle, ohne Einbuchtung gleichmäßig geschwungene Lippen, kräftiges Kinn. Ein großflächiges, herbes, frauliches Gesicht. Ich weiß, daß ich es schön fand. Aber ich sehe seine Schönheit nicht vor mir.

## 4

»Wart noch«, sagte sie, als ich aufstand und gehen wollte, »ich muß auch los und komm ein Stück mit.«

Ich wartete im Flur. Sie zog sich in der Küche um. Die Tür stand einen Spalt auf. Sie zog die Kittelschürze aus und stand in hellgrünem Unterkleid. Über der Lehne des Stuhls hingen zwei Strümpfe. Sie nahm einen und raffte ihn mit wechselnd greifenden Händen zu einer Rolle. Sie balancierte auf einem Bein, stützte auf dessen Knie die Ferse des anderen Beins, beugte sich vor, führte den gerollten Strumpf über die Fußspitze, setzte die Fußspitze auf den Stuhl, streifte den Strumpf über Wade, Knie und Schenkel, neigte sich zur Seite und befestigte den Strumpf an den Strumpfbändern. Sie richtete sich auf, nahm den Fuß vom Stuhl und griff nach dem anderen Strumpf.

Ich konnte die Augen nicht von ihr lassen. Von ihrem Nacken und von ihren Schultern, von ihren Brüsten, die das Unterkleid mehr umhüllte als verbarg, von ihrem Po, an dem das Unterkleid spannte, als sie den Fuß auf das Knie stützte und auf den Stuhl setzte, von ihrem Bein, zuerst nackt und blaß und dann im Strumpf seidig schimmernd.

Sie spürte meinen Blick. Sie hielt im Griff nach dem anderen Strumpf inne, wandte sich zur Tür und sah mir in die Augen. Ich weiß nicht, wie sie schaute – verwundert, fragend, wissend, tadelnd. Ich wurde rot. Einen kurzen Augenblick stand ich mit brennendem Gesicht. Dann hielt ich es nicht mehr aus, stürzte aus der Wohnung, rannte die Treppe hinunter und aus dem Haus.

Ich ging langsam. Bahnhofstraße, Häusserstraße, Blumenstraße – seit Jahren war es mein Schulweg. Ich kannte jedes Haus, jeden Garten und jeden Zaun, den, der jedes Jahr frisch gestrichen wurde, den, dessen Holz so grau und morsch geworden war, daß ich es mit der Hand zerdrücken konnte, die eisernen Zäune, an deren Stäben ich als Kind mit dem Stock klingend entlanggerannt bin, und die hohe Backsteinmauer, hinter der ich Wunderbares und Schreckliches phantasiert hatte, bis ich hochklettern konnte und die langweiligen Reihen verwahrloster Blumen-, Beeren- und Gemüsebeete sah. Ich kannte das Kopfsteinpflaster und den Teerbelag auf der Straße und die Wechsel zwischen Platten, wellenförmig gepflasterten Basaltklötzchen, Teer und Schotter auf dem Gehweg.

Alles war mir vertraut. Als mein Herz nicht mehr schneller klopfte und mein Gesicht nicht mehr brannte, war die Begegnung zwischen Küche und Flur weit weg. Ich ärgerte mich. Ich war wie ein Kind weggelaufen, statt so souverän zu reagieren, wie ich es von mir erwartete. Ich war nicht mehr neun, ich war fünfzehn. Allerdings blieb mir ein Rätsel, was die souveräne Reaktion hätte sein sollen.

Das andere Rätsel war die Begegnung zwischen Küche

und Flur selbst. Warum hatte ich die Augen nicht von ihr lassen können? Sie hatte einen sehr kräftigen und sehr weiblichen Körper, üppiger als die Mädchen, die mir gefielen und denen ich nachschaute. Ich war sicher, daß sie mir nicht aufgefallen wäre, wenn ich sie im Schwimmbad gesehen hätte. Sie hatte sich auch nicht nackter gezeigt, als ich Mädchen und Frauen im Schwimmbad schon gesehen hatte. Überdies war sie viel älter als die Mädchen, von denen ich träumte. Über dreißig? Man schätzt das Alter schwer, das man noch nicht hinter sich hat oder auf sich zukommen sieht.

Jahre später kam ich drauf, daß ich nicht einfach um ihrer Gestalt, sondern um ihrer Haltungen und Bewegungen willen die Augen nicht von ihr hatte lassen können. Ich bat meine Freundinnen, Strümpfe anzuziehen, aber ich mochte meine Bitte nicht erklären, das Rätsel der Begegnung zwischen Küche und Flur nicht erzählen. So kam meine Bitte als Wunsch nach Strapsen und Spitzen und erotischer Extravaganz an, und wenn sie erfüllt wurde, geschah es in koketter Pose. Das war es nicht, wovon ich meine Augen nicht hatte lassen können. Sie hatte nicht posiert, nicht kokettiert. Ich erinnere mich auch nicht, daß sie es sonst getan hätte. Ich erinnere mich, daß ihr Körper, ihre Haltungen und Bewegungen manchmal schwerfällig wirkten. Nicht daß sie so schwer gewesen wäre. Vielmehr schien sie sich in das Innere ihres Körpers zurückgezogen, diesen sich selbst und seinem eigenen, von keinem Befehl des Kopfs gestörten ruhigen Rhythmus überlassen und die äußere Welt vergessen zu haben. Dieselbe Weltvergessenheit lag in den Haltungen und Bewegungen, mit denen sie die Strümpfe anzog. Aber hier war sie nicht schwerfäl-lig, sondern fließend, anmutig, verführerisch – Ver-führung, die nicht Busen und Po und Bein ist, sondern die Einladung, im Inneren des Körpers die Welt zu vergessen.

Das wußte ich damals nicht – wenn ich es denn jetzt weiß und mir nicht nur zusammenreime. Aber indem ich damals darüber nachdachte, was mich so erregt hatte, kehrte die Erregung wieder. Um das Rätsel zu lösen, rief ich mir die Begegnung in Erinnerung, und die Distanz, die ich mir geschaffen hatte, indem ich sie zum Rätsel gemacht hatte, löste sich auf. Ich sah alles wieder vor mir und konnte wieder die Augen nicht davon lassen.

## 5

Eine Woche später stand ich wieder bei ihr vor der Tür.

Eine Woche lang hatte ich versucht, nicht an sie zu denken. Aber da war nichts, was mich ausgefüllt und abgelenkt hätte; der Arzt ließ noch nicht zu, daß ich die Schule besuchte, der Bücher war ich nach Monaten des Lesens überdrüssig, und die Freunde schauten zwar vorbei, aber ich war schon so lange krank, daß ihre Besuche die Brücke zwischen ihrem und meinem Alltag nicht mehr schlagen konnten und immer kürzer wurden. Ich sollte spazierengehen, jeden Tag ein bißchen weiter, ohne mich anzustrengen. Die Anstrengung hätte ich gebraucht.

Was sind die Zeiten der Krankheit in Kindheit und Jugend doch für verwunschene Zeiten! Die Außenwelt, die Freizeitwelt in Hof oder Garten oder auf der Straße dringt nur mit gedämpften Geräuschen ins Krankenzimmer. Drinnen wuchert die Welt der Geschichten und Gestalten, von denen der Kranke liest. Das Fieber, das die Wahrnehmung schwächt und die Phantasie schärft, macht das Krankenzimmer zu einem neuen, zugleich vertrauten und fremden Raum; Monster zeigen in den Mustern des Vorhangs und der Tapete ihre Fratzen, und Stühle, Tische, Regale und Schrank türmen sich zu Gebirgen, Gebäuden oder Schiffen auf, zugleich zum Greifen nah und in weiter Ferne. Durch lange Nachtstunden begleiten den Kranken die Schläge der Kirchturmuhr, das Brummen gelegentlich vorbeifahrender Autos und der Widerschein ihrer Scheinwerfer, der über Wände und Decke tastet. Es sind Stunden ohne Schlaf, aber keine schlaflosen Stunden, nicht Stunden eines Mangels, sondern Stunden der Fülle. Sehnsüchte, Erinnerungen, Ängste, Lüste arrangieren Labyrinthe, in denen sich der Kranke verliert und entdeckt und verliert. Es sind Stunden, in denen alles möglich wird, Gutes wie Schlechtes.

Das läßt nach, wenn es dem Kranken bessergeht. Hat die Krankheit aber lange genug gedauert, dann ist das Krankenzimmer imprägniert und noch der Genesende, der kein Fieber mehr hat, in die Labyrinthe verloren.

Ich wachte jeden Morgen mit schlechtem Gewissen auf, manchmal mit feuchter oder fleckiger Schlafanzughose. Die Bilder und Szenen, die ich träumte, waren nicht recht. Ich wußte, die Mutter, der Pfarrer, der mich als Konfirmanden unterwiesen hatte und den ich verehrte, und die große Schwester, der ich die Geheimnisse meiner Kindheit anvertraut hatte, würden mich zwar nicht schelten. Aber sie würden mich in einer liebevollen, besorgten Weise ermahnen, die schlimmer als Schelte war. Besonders unrecht war, daß ich die Bilder und Szenen, wenn ich sie nicht passiv träumte, aktiv phantasierte.

Ich weiß nicht, woher ich die Courage nahm, zu Frau Schmitz zu gehen. Kehrte sich die moralische Erziehung gewissermaßen gegen sich selbst? Wenn der begehrliche

Blick so schlimm war wie die Befriedigung der Begierde, das aktive Phantasieren so schlimm wie der phantasierte Akt – warum dann nicht die Befriedigung und den Akt? Ich erfuhr Tag um Tag, daß ich die sündigen Gedanken nicht lassen konnte. Dann wollte ich auch die sündige Tat.

Es gab eine weitere Überlegung. Hinzugehen mochte gefährlich sein. Aber eigentlich war unmöglich, daß die Gefahr sich realisierte. Frau Schmitz würde mich verwundert begrüßen, eine Entschuldigung für mein sonderbares Verhalten anhören und mich freundlich verabschieden. Gefährlicher war, nicht hinzugehen; ich lief Gefahr, von meinen Phantasien nicht loszukommen. Also tat ich das Richtige, wenn ich hinging. Sie würde sich normal verhalten, ich würde mich normal verhalten, und alles würde wieder normal sein.

So habe ich damals vernünftelt, aus meiner Begierde den Posten eines seltsamen moralischen Kalküls gemacht und mein schlechtes Gewissen zum Schweigen gebracht. Aber das gab mir nicht die Courage, zu Frau Schmitz zu gehen. Mir zurechtlegen, warum meine Mutter, der verehrte Pfarrer und meine große Schwester, wenn sie gründlich nachdächten, mich nicht abhalten dürften, sondern auffordern müßten, zu ihr zu gehen, war das eine. Tatsächlich zu ihr zu gehen, war etwas völlig anderes. Ich weiß nicht, warum ich es tat. Aber ich erkenne heute im damaligen Geschehen das Muster, nach dem sich mein Leben lang Denken und Handeln zueinandergefügt oder nicht zueinandergefügt haben. Ich denke, komme zu einem Ergebnis, halte das Ergebnis in einer Entscheidung fest und erfahre, daß das Handeln eine Sache für sich ist und der

Entscheidung folgen kann, aber nicht folgen muß. Oft genug habe ich im Lauf meines Lebens getan, wofür ich mich nicht entschieden hatte, und nicht getan, wofür ich mich entschieden hatte. Es, was immer es sein mag, handelt; es fährt zu der Frau, die ich nicht mehr sehen will, macht gegenüber dem Vorgesetzten die Bemerkung, mit der ich mich um Kopf und Kragen rede, raucht weiter, obwohl ich mich entschlossen habe, das Rauchen aufzugeben, und gibt das Rauchen auf, nachdem ich eingesehen habe, daß ich Raucher bin und bleiben werde. Ich meine nicht, daß Denken und Entscheiden keinen Einfluß auf das Handeln hätten. Aber das Handeln vollzieht nicht einfach, was davor gedacht und entschieden wurde. Es hat seine eigene Quelle und ist auf ebenso eigenständige Weise mein Handeln, wie mein Denken mein Denken ist und mein Entscheiden mein Entscheiden.

## 6

Sie war nicht zu Hause. Die Eingangstür des Hauses war angelehnt, ich stieg die Treppe hoch, klingelte und wartete. Ich klingelte noch mal. In der Wohnung standen die Türen auf, ich sah es durch das Glas der Eingangstür und erkannte im Flur den Spiegel, die Garderobe und die Uhr. Ich konnte sie ticken hören.

Ich setzte mich auf die Stufen und wartete. Ich war nicht erleichtert, wie es einem gehen kann, wenn man bei einem Entschluß ein flaues Gefühl und vor den Konsequenzen Angst hat und froh ist, den Entschluß ausgeführt zu haben und von den Konsequenzen verschont zu bleiben. Ich war auch nicht enttäuscht. Ich war entschlossen, sie zu sehen und zu warten, bis sie käme.

Die Uhr im Flur schlug zur Viertel-, halben und vollen Stunde. Ich versuchte, dem leisen Ticken zu folgen und die neunhundert Sekunden vom einen Schlagen zum nächsten mitzuzählen, ließ mich aber immer wieder ablenken. Im Hof kreischte die Säge des Schreiners, im Haus drangen aus einer Wohnung Stimmen oder Musik, ging eine Tür. Dann hörte ich, wie jemand gleichmäßigen, langsamen, schweren Schritts die Treppe hinaufkam. Ich hoffte, er würde im zweiten Stock wohnen. Wenn er mich sähe – wie sollte ich erklären, was ich hier machte? Aber die Schritte hielten auf dem zweiten Stock nicht an. Sie stiegen weiter. Ich stand auf.

Es war Frau Schmitz. In der einen Hand trug sie eine Koksschütte, in der anderen einen Brikettbehälter. Sie hatte eine Uniform an, Jacke und Rock, und ich erkannte, daß sie Straßenbahnschaffnerin war. Sie bemerkte mich nicht, bis sie den Treppenabsatz erreicht hatte. Sie schaute nicht verärgert, nicht verwundert, nicht spöttisch – nichts von dem, was ich befürchtet hatte. Sie sah müde aus. Als sie die Kohlen abgestellt hatte und in der Jackentasche nach dem Schlüssel suchte, klirrten Münzen auf dem Boden. Ich hob sie auf und gab sie ihr.

»Unten im Keller stehen noch zwei Schütten. Machst du sie voll und bringst sie hoch? Die Tür ist auf.«

Ich rannte die Treppen hinunter. Die Tür zum Kellergeschoß stand auf, das Kellerlicht war an, und am Fuß der langen Kellertreppe fand ich einen Bretterverschlag, bei dem die Tür nur angelehnt war und das offene Ringschloß am Riegel hing. Der Raum war groß, und der Koks häufte sich bis zur Luke unter der Decke, durch die er von der Straße in den Keller geschüttet worden war. Neben der Tür waren auf der einen Seite die Briketts ordentlich geschichtet und standen auf der anderen die Koksschütten.

Ich weiß nicht, was ich falsch gemacht habe. Zu Hause holte ich auch Kohlen aus dem Keller und hatte damit nie Probleme. Allerdings lagerte der Koks zu Hause nicht so hoch gehäuft. Das Füllen der ersten Schütte ging gut. Als ich auch die zweite Schütte an den Griffen packte und den

Koks am Boden aufnehmen wollte, kam der Berg in Bewegung. Von oben hüpften kleine Brocken in großen und große in kleinen Sprüngen herab, weiter unten war's ein Rutschen und am Boden ein Rollen und Schieben. Schwarzer Staub wolkte auf. Ich blieb erschrocken stehen, bekam den einen und anderen Brocken ab und stand bald bis zu den Knöcheln im Koks.

Als der Berg zur Ruhe kam, trat ich aus dem Koks, füllte die zweite Schütte, suchte und fand einen Besen, mit dem ich die Brocken, die in den Kellerflur gerollt waren, in den Bretterverschlag fegte, verschloß die Tür und trug die beiden Schütten hoch.

Sie hatte die Jacke ausgezogen, die Krawatte gelockert, den obersten Knopf geöffnet und saß mit einem Glas Milch am Küchentisch. Sie sah mich, lachte zuerst verhalten glucksend und dann aus vollem Hals. Sie zeigte mit dem Finger auf mich und klatschte mit der anderen Hand auf den Tisch. »Wie siehst du aus, Jungchen, wie siehst du aus!« Dann sah auch ich mein schwarzes Gesicht im Spiegel über der Spüle und lachte mit.

»So kannst du nicht nach Hause. Ich laß dir ein Bad einlaufen und klopf deine Sachen aus.« Sie ging zur Wanne und drehte den Hahn auf. Das Wasser rauschte dampfend in die Wanne. »Zieh deine Sachen vorsichtig aus, ich brauch den schwarzen Staub nicht in der Küche.«

Ich zögerte, zog Pullover und Hemd aus und zögerte wieder. Das Wasser stieg schnell, und die Wanne war fast voll.

»Willst du mit Schuhen und Hose baden? Jungchen, ich schau nicht hin.« Aber als ich den Hahn zugedreht und auch die Unterhose ausgezogen hatte, musterte sie mich ruhig. Ich wurde rot, stieg in die Wanne und tauchte unter. Als ich auftauchte, war sie mit meinen Sachen auf dem Balkon. Ich hörte, wie sie die Schuhe gegeneinanderschlug und Hose und Pullover ausschüttelte. Sie rief etwas nach unten, über Kohlenstaub und Sägespäne, von unten rief's hoch, und sie lachte. Zurück in der Küche, legte sie meine Sachen auf den Stuhl. Sie warf mir nur einen raschen Blick zu. »Nimm das Shampoo und wasch dir auch die Haare. Ich bring gleich das Frottiertuch.« Sie nahm etwas aus dem Kleiderschrank und ging aus der Küche.

Ich wusch mich. Das Wasser in der Wanne war schmutzig, und ich ließ frisches Wasser zulaufen, um unter dem Strahl Kopf und Gesicht sauberzuspülen. Dann lag ich da, hörte den Badeofen bullern, spürte im Gesicht die kühle Luft, die durch die spaltoffene Küchentür kam, und am Körper das warme Wasser. Mir war behaglich. Es war ein erregendes Behagen, und mein Geschlecht wurde steif.

Ich sah nicht auf, als sie in die Küche kam, erst als sie vor der Wanne stand. Mit ausgebreiteten Armen hielt sie ein großes Tuch. »Komm!« Ich wandte ihr den Rücken zu, als ich mich aufrichtete und aus der Wanne stieg. Sie hüllte mich von hinten in das Tuch, von Kopf bis Fuß, und rieb mich trocken. Dann ließ sie das Tuch zu Boden fallen. Ich wagte nicht, mich zu rühren. Sie trat so nahe an mich heran, daß ich ihre Brüste an meinem Rücken und ihren Bauch an meinem Po spürte. Auch sie war nackt. Sie legte die Arme um mich, die eine Hand auf meine Brust und die andere auf mein steifes Geschlecht.

»Darum bist du doch hier!«

»Ich…« Ich wußte nicht, was ich sagen sollte. Nicht ja, aber auch nicht nein. Ich drehte mich um. Ich sah nicht viel von ihr. Wir standen zu dicht. Aber ich war überwältigt von der Gegenwart ihres nackten Körpers. »Wie schön du bist!«

»Ach, Jungchen, was redest du.« Sie lachte und schlang die Arme um meinen Hals. Auch ich nahm sie in meine Arme.

Ich hatte Angst: vor dem Berühren, vor dem Küssen, davor, daß ich ihr nicht gefallen und nicht genügen würde. Aber als wir uns eine Weile gehalten hatten, ich ihren Geruch gerochen und ihre Wärme und Kraft gefühlt hatte, wurde alles selbstverständlich. Das Erforschen ihres Körpers mit Händen und Mund, die Begegnung der Münder und schließlich sie über mir, Auge in Auge, bis es mir kam und ich die Augen fest schloß und zunächst mich zu beherrschen versuchte und dann so laut schrie, daß sie den Schrei mit ihrer Hand auf meinem Mund erstickte.

7

In der folgenden Nacht habe ich mich in sie verliebt. Ich schlief nicht tief, sehnte mich nach ihr, träumte von ihr, meinte, sie zu spüren, bis ich merkte, daß ich das Kissen oder die Decke hielt. Vom Küssen tat mir der Mund weh. Immer wieder regte sich mein Geschlecht, aber ich wollte mich nicht selbst befriedigen. Ich wollte mich nie mehr selbst befriedigen. Ich wollte mit ihr sein.

Habe ich mich in sie verliebt als Preis dafür, daß sie mit mir geschlafen hat? Bis heute stellt sich nach einer Nacht mit einer Frau das Gefühl ein, ich sei verwöhnt worden und müsse es abgelten – ihr gegenüber, indem ich sie zu lieben immerhin versuche, und auch gegenüber der Welt, der ich mich stelle.

Eine meiner wenigen lebendigen Erinnerungen aus früher Kindheit gilt einem Wintermorgen, als ich vier war. Das Zimmer, in dem ich damals schlief, wurde nicht geheizt, und nachts und morgens war es oft sehr kalt. Ich erinnere mich an die warme Küche und den heißen Herd, ein schweres, eisernes Gerät, in dem man das Feuer sah, wenn man mit einem Haken die Platten und Ringe der Herdstellen wegzog, und in dem ein Becken stets warmes Wasser bereithielt. Vor den Herd hatte meine Mutter einen Stuhl gerückt, auf dem ich stand, während sie mich wusch und ankleidete. Ich erinnere mich an das wohlige Gefühl der Wärme und an den Genuß, den es mir bereitete, in dieser Wärme gewaschen und angekleidet zu werden. Ich erinnere mich auch, daß, wann immer mir die Situation in Erinnerung kam, ich mich fragte, warum meine Mutter mich so verwöhnt hat. War ich krank? Hatten die Geschwister etwas bekommen, was ich nicht bekommen hatte? Stand für den weiteren Verlauf des Tages Unangenehmes, Schwieriges an, das ich bestehen mußte?

Auch weil die Frau, für die ich in Gedanken keinen Namen hatte, mich am Nachmittag so verwöhnt hatte, ging ich am nächsten Tag wieder in die Schule. Dazu kam, daß ich die Männlichkeit, die ich erworben hatte, zur Schau stellen wollte. Nicht daß ich hätte angeben wollen. Aber ich fühlte mich kraftvoll und überlegen und wollte meinen Mitschülern und Lehrern mit dieser Kraft und Überlegenheit gegenübertreten. Außerdem hatte ich mit ihr zwar nicht darüber gesprochen, stellte mir aber vor, daß sie als Straßenbahnschaffnerin oft bis in den Abend und in die Nacht arbeitete. Wie sollte ich sie jeden Tag sehen, wenn ich zu Hause bleiben mußte und nur meine Rekonvaleszentenspaziergänge machen durfte?

Als ich von ihr nach Hause kam, saßen meine Eltern und Geschwister schon beim Abendessen. »Warum kommst du so spät? Deine Mutter hat sich Sorgen um dich gemacht.« Mein Vater klang mehr ärgerlich als besorgt.

Ich sagte, ich hätte mich verirrt; ich hätte einen Spaziergang über den Ehrenfriedhof zur Molkenkur geplant, sei aber lange nirgendwo und schließlich in Nußloch angekommen. »Ich hatte kein Geld und mußte von Nußloch nach Hause laufen.«

»Du hättest trampen können.« Meine jüngere Schwester trampte manchmal, was meine Eltern nicht billigten.

Mein älterer Bruder schnaubte verächtlich. »Molkenkur und Nußloch – das sind völlig verschiedene Richtungen.«

Meine ältere Schwester sah mich prüfend an.

»Ich gehe morgen wieder zur Schule.«

»Dann paß gut auf in Geographie. Es gibt Norden und Süden, und die Sonne geht...«

Meine Mutter unterbrach meinen Bruder. »Noch drei Wochen, hat der Arzt gesagt.«

»Wenn er über den Ehrenfriedhof nach Nußloch und wieder zurück laufen kann, kann er auch in die Schule gehen. Ihm fehlt's nicht an Kraft, ihm fehlt's an Grips.« Als kleine Jungen hatten mein Bruder und ich uns ständig geprügelt, später verbal bekämpft. Drei Jahre älter, war er mir im einen so überlegen wie im anderen. Irgendwann habe ich aufgehört zurückzugeben und seinen kämpferischen Einsatz ins Leere laufen lassen. Seitdem beschränkte er sich aufs Nörgeln.

»Was meinst du?« Meine Mutter wandte sich an meinen Vater. Er legte Messer und Gabel auf den Teller, lehnte sich zurück und faltete die Hände im Schoß. Er schwieg und schaute nachdenklich, wie jedesmal, wenn meine Mutter ihn der Kinder oder des Haushalts wegen ansprach. Wie jedesmal fragte ich mich, ob er tatsächlich über die Frage meiner Mutter nachdachte oder über seine Arbeit. Vielleicht versuchte er auch, über die Frage meiner Mutter nachzudenken, konnte aber, einmal ins Nachdenken verfallen, nicht anders als an seine Arbeit denken. Er war Professor für Philosophie, und Denken war sein Leben, Denken und Lesen und Schreiben und Lehren.

Manchmal hatte ich das Gefühl, wir, seine Familie, seien für ihn wie Haustiere. Der Hund, mit dem man spazierengeht, und die Katze, mit der man spielt, auch die Katze, die sich im Schoß kringelt und schnurrend streicheln läßt – das kann einem lieb sein, man kann es in gewisser Weise sogar brauchen, und trotzdem ist einem das Einkaufen des Futters, das Säubern des Katzenklos und der Gang zum Tierarzt eigentlich schon zu viel. Denn das Leben ist anderswo. Ich hätte gerne gehabt, daß wir, seine Familie, sein Leben gewesen wären. Manchmal hätte ich auch meinen nörgelnden Bruder und meine freche kleine Schwester lieber anders gehabt. Aber an dem Abend hatte ich sie alle plötzlich furchtbar lieb. Meine kleine Schwester. Vermutlich war es nicht leicht, das jüngste von vier Geschwistern zu sein, und konnte sie sich ohne einige Frechheit nicht behaupten. Mein großer Bruder. Wir hatten ein gemeinsames Zimmer, was für ihn sicher schwieriger war als für mich, und überdies mußte er, seit ich krank war, mir das Zimmer völlig lassen und auf dem Sofa im Wohnzimmer schlafen. Wie sollte er nicht nörgeln? Mein Vater. Warum sollten wir Kinder sein Leben sein? Wir wuchsen heran und waren bald groß und aus dem Haus.

Mir war, als säßen wir das letzte Mal gemeinsam um den runden Tisch unter dem fünfarmigen, fünfkerzigen Leuchter aus Messing, als äßen wir das letzte Mal von den alten Tellern mit den grünen Ranken am Rand, als redeten wir das letzte Mal so vertraut miteinander. Ich fühlte mich wie bei einem Abschied. Ich war noch da und schon weg. Ich hatte Heimweh nach Mutter und Vater und den Geschwistern und die Sehnsucht, bei der Frau zu sein.

Mein Vater sah zu mir herüber. »Ich gehe morgen wieder zur Schule – so hast du gesagt, nicht wahr?«

»Ja.« Es war ihm also aufgefallen, daß ich ihn und nicht Mutter gefragt und auch nicht gesagt hatte, ich frage mich, ob ich wieder in die Schule gehen soll.

Er nickte. »Lassen wir dich zur Schule gehen. Wenn es dir zuviel wird, bleibst du eben wieder zu Hause.«

Ich war froh. Zugleich hatte ich das Gefühl, jetzt sei der Abschied vollzogen.

8

In den nächsten Tagen hatte die Frau Frühschicht. Sie kam um zwölf nach Hause, und ich schwänzte Tag auf Tag die letzte Stunde, um sie auf dem Treppenabsatz vor ihrer Wohnung zu erwarten. Wir duschten und liebten uns, und kurz vor halb zwei zog ich mich hastig an und rannte los. Um halb zwei wurde Mittag gegessen. Am Sonntag gab es das Mittagessen schon um zwölf, begann und endete aber auch ihre Frühschicht später.

Ich hätte das Duschen lieber gelassen. Sie war von peinlicher Sauberkeit, hatte morgens geduscht, und ich mochte den Geruch nach Parfum, frischem Schweiß und Straßenbahn, den sie von der Arbeit mitbrachte. Aber ich mochte auch ihren nassen, seifigen Körper; ich ließ mich gerne von ihr einseifen und seifte sie gerne ein, und sie lehrte mich, das nicht verschämt zu tun, sondern mit selbstverständlicher, besitzergreifender Gründlichkeit. Auch wenn wir uns liebten, nahm sie selbstverständlich von mir Besitz. Ihr Mund nahm meinen, ihre Zunge spielte mit meiner, sie sagte mir, wo und wie ich sie anfassen sollte, und wenn sie mich ritt, bis es ihr kam, war ich für sie nur da, weil sie sich mit mir, an mir Lust machte. Nicht daß sie nicht zärtlich gewesen wäre und mir nicht Lust gemacht hätte. Aber sie tat es zu ihrem spielerischen Vergnügen, bis ich lernte, auch von ihr Besitz zu ergreifen.

Das war später. Ganz lernte ich es nie. Lange fehlte es mir auch nicht. Ich war jung, und es kam mir schnell, und wenn ich danach langsam wieder lebendig wurde, ließ ich sie gerne von mir Besitz nehmen. Ich sah sie an, wenn sie über mir war, ihren Bauch, der über dem Nabel eine tiefe Falte warf, ihre Brüste, die rechte ein winziges bißchen größer als die linke, ihr Gesicht mit dem geöffneten Mund. Sie stützte ihre Hände auf meine Brust und riß sie im letzten Moment hoch, hielt ihren Kopf und stieß einen tonlos schluchzenden, gurgelnden Schrei aus, der mich beim ersten Mal erschreckte und den ich später begierig erwartete.

Danach waren wir erschöpft. Oft schlief sie auf mir ein. Ich hörte die Säge im Hof und die lauten Rufe der Handwerker, die an ihr arbeiteten und sie übertönten. Wenn die Säge verstummte, drang schwach das Verkehrsgeräusch der Bahnhofstraße in die Küche. Wenn ich Kinder rufen und spielen hörte, wußte ich, daß die Schule aus und ein Uhr vorbei war. Der Nachbar, der über Mittag nach Hause kam, streute Vogelfutter auf seinen Balkon, und die Tauben kamen und gurrten.

»Wie heißt du?« Ich fragte sie am sechsten oder siebten Tag. Sie war auf mir eingeschlafen und wachte gerade auf. Ich hatte bis dahin die Anrede, das Sie und das Du vermieden.

Sie fuhr hoch. »Was?«

»Wie du heißt!«

»Warum willst du das wissen?« Sie sah mich mißtrauisch an.

»Du und ich... ich kenne deinen Nachnamen, aber nicht deinen Vornamen. Ich will deinen Vornamen wissen. Was ist daran...«

Sie lachte. »Nichts, Jungchen, nichts ist daran falsch. Ich heiße Hanna.« Sie lachte weiter, hörte nicht auf, steckte mich an.

»Du hast so komisch gekuckt.«

»Ich war noch halb im Schlaf. Wie heißt du?«

Ich dachte, sie wüßte es. Es war gerade schick, die Schulsachen nicht mehr in der Tasche, sondern unter dem Arm zu tragen, und wenn ich sie bei ihr auf den Küchentisch legte, stand obenauf mein Name, auf den Heften und auch auf den Büchern, die ich gelernt hatte, mit starkem Papier einzubinden und mit einem Etikett zu bekleben, das den Titel des Buchs und meinen Namen trug. Aber sie hatte nicht darauf geachtet.

»Ich heiße Michael Berg.«

»Michael, Michael, Michael.« Sie probierte den Namen aus. »Mein Jungchen heißt Michael, ist ein Student...«

»Schüler.«

»...ist ein Schüler, ist, was, siebzehn?«

Ich war stolz auf die zwei Jahre mehr, die sie mir gab, und nickte.

»...ist siebzehn und will, wenn er groß ist, ein berühmter...« Sie zögerte.

»Ich weiß nicht, was ich werden will.«

»Aber du lernst fleißig.«

»Na ja.« Ich sagte ihr, daß sie mir wichtiger sei als Lernen und Schule. Daß ich auch gerne öfter bei ihr wäre. »Ich bleibe sowieso sitzen.«

»Wo bleibst du sitzen?« Sie richtete sich auf. Es war das erste richtige Gespräch, das wir miteinander hatten.

»In der Untersekunda. Ich hab zuviel versäumt in den letzten Monaten, als ich krank war. Wenn ich die Klasse noch schaffen wollte, müßte ich wie blöd arbeiten. Ich müßte auch jetzt in der Schule sein.« Ich erzählte ihr von meinem Schwänzen.

»Raus.« Sie schlug das Deckbett zurück. »Raus aus meinem Bett. Und komm nicht wieder, wenn du nicht deine Arbeit machst. Blöd ist deine Arbeit? Blöd? Was meinst du, was Fahrscheine verkaufen und lochen ist.« Sie stand auf, stand nackt in der Küche und spielte Schaffnerin. Sie schlug mit der Linken die kleine Mappe mit den Fahrscheinblöcken auf, streifte mit dem Daumen derselben Hand, auf dem ein Gummifingerhut steckte, zwei Fahrscheine ab, schlenkerte mit der Rechten, so daß sie den Griff der am Handgelenk baumelnden Zange zu fassen bekam, und knipste zweimal. »Zweimal Rohrbach.« Sie ließ die Zange los, streckte die Hand aus, nahm einen Geldschein, klappte vor ihrem Bauch die Geldtasche auf, steckte den Geldschein hinein, klappte die Geldtasche wieder zu und drückte aus den außen angebrachten Behältern für Münzen das Wechselgeld heraus. »Wer hat noch keinen Fahrschein?« Sie sah mich an. »Blöd? Du weißt nicht, was blöd ist.«

Ich saß auf dem Bettrand. Ich war wie betäubt. »Es tut mir leid. Ich werde meine Arbeit machen. Ich weiß nicht, ob ich es schaffe, in sechs Wochen ist das Schuljahr vorbei.

Ich werde es versuchen. Aber ich schaff's nicht, wenn ich dich nicht mehr sehen darf. Ich...« Zuerst wollte ich sagen: Ich liebe dich. Aber dann mochte ich nicht. Vielleicht hatte sie recht, gewiß hatte sie recht. Aber sie hatte kein Recht, von mir zu fordern, daß ich mehr für die Schule tue, und davon abhängig zu machen, ob wir uns sehen. »Ich kann dich nicht nicht sehen.«

Die Uhr im Flur schlug halb zwei. »Du mußt gehen.« Sie zögerte. »Ab morgen hab ich Hauptschicht. Halb sechs – dann komme ich nach Hause und kannst du auch kommen. Wenn du davor arbeitest.«

Wir standen uns nackt gegenüber, aber sie hätte mir in ihrer Uniform nicht abweisender vorkommen können. Ich begriff die Situation nicht. War es ihr um mich zu tun? Oder um sich? Wenn meine Arbeit blöd ist, dann ist ihre erst recht blöd – hatte sie das gekränkt? Aber ich hatte gar nicht gesagt, daß meine oder ihre Arbeit blöd ist. Oder wollte sie keinen Versager zum Geliebten? Aber war ich ihr Geliebter? Was war ich für sie? Ich zog mich an, trödelte und hoffte, sie würde etwas sagen. Aber sie sagte nichts. Dann war ich angezogen, und sie stand immer noch nackt, und als ich sie zum Abschied umarmte, reagierte sie nicht.

# 9

Warum macht es mich so traurig, wenn ich an damals denke? Ist es die Sehnsucht nach vergangenem Glück – und glücklich war ich in den nächsten Wochen, in denen ich wirklich wie blöd gearbeitet und die Klasse geschafft habe und wir uns geliebt haben, als zähle sonst nichts auf der Welt. Ist es das Wissen, was danach kam und daß danach nur ans Licht kam, was schon da war?

Warum? Warum wird uns, was schön war, im Rückblick dadurch brüchig, daß es häßliche Wahrheiten verbarg? Warum vergällt es die Erinnerung an glückliche Ehejahre, wenn sich herausstellt, daß der andere die ganzen Jahre einen Geliebten hatte? Weil man in einer solchen Lage nicht glücklich sein kann? Aber man war glücklich! Manchmal hält die Erinnerung dem Glück schon dann die Treue nicht, wenn das Ende schmerzlich war. Weil Glück nur stimmt, wenn es ewig hält? Weil schmerzlich nur enden kann, was schmerzlich gewesen ist, unbewußt und unerkannt? Aber was ist unbewußter und unerkannter Schmerz?

Ich denke an damals zurück und sehe mich vor mir. Ich trug die eleganten Anzüge auf, die ein reicher Onkel hinterlassen hatte und die an mich gelangt waren, zusammen mit mehreren Paaren zweifarbiger Schuhe, schwarz und braun, schwarz und weiß, Wild- und glattes Leder. Ich hatte zu lange Arme und zu lange Beine, nicht für die Anzüge, die meine Mutter herausgelassen hatte, aber für die Koordination meiner Bewegungen. Meine Brille war ein billiges Kassenmodell und mein Haar ein zauser Mop, ich konnte machen, was ich wollte. In der Schule war ich nicht gut und nicht schlecht; ich glaube, viele Lehrer haben mich nicht recht wahrgenommen und auch nicht die Schüler, die in der Klasse den Ton angaben. Ich mochte nicht, wie ich aussah, wie ich mich anzog und bewegte, was ich zustande brachte und was ich galt. Aber wieviel Energie war in mir, wieviel Vertrauen, eines Tages schön und klug, überlegen und bewundert zu sein, wieviel Erwartung, mit der ich neuen Menschen und Situationen begegnet bin.

Ist es das, was mich traurig macht? Der Eifer und Glaube, der mich damals erfüllte und dem Leben ein Versprechen entnahm, das es nie und nimmer halten konnte? Manchmal sehe ich in den Gesichtern von Kindern und Teenagern denselben Eifer und Glauben, und ich sehe ihn mit derselben Traurigkeit, mit der ich an mich zurückdenke. Ist diese Traurigkeit die Traurigkeit schlechthin? Ist sie es, die uns befällt, wenn schöne Erinnerungen im Rückblick brüchig werden, weil das erinnerte Glück nicht nur aus der Situation, sondern aus einem Versprechen lebte, das nicht gehalten wurde?

Sie – ich sollte anfangen, sie Hanna zu nennen, wie ich auch damals anfing, sie Hanna zu nennen – sie freilich lebte nicht aus einem Versprechen, sondern aus der Situation und nur aus ihr.

Ich fragte sie nach ihrer Vergangenheit, und es war, als krame sie, was sie mir antwortete, aus einer verstaubten Truhe hervor. Sie war in Siebenbürgen aufgewachsen, mit siebzehn nach Berlin gekommen, Arbeiterin bei Siemens geworden und mit einundzwanzig zu den Soldaten geraten. Seit der Krieg zu Ende war, hatte sie sich mit allen möglichen Jobs durchgeschlagen. An ihrem Beruf als Straßenbahnschaffnerin, den sie seit ein paar Jahren hatte, mochte sie die Uniform und die Bewegung, den Wechsel der Bilder und das Rollen unter den Füßen. Sonst mochte sie ihn nicht. Sie hatte keine Familie. Sie war sechsunddreißig. Das alles erzählte sie, als sei es nicht ihr Leben, sondern das Leben eines anderen, den sie nicht gut kennt und der sie nichts angeht. Was ich genauer wissen wollte, wußte sie oft nicht mehr, und sie verstand auch nicht, warum mich interessierte, was aus ihren Eltern geworden war, ob sie Geschwister gehabt, wie sie in Berlin gelebt und was sie bei den Soldaten gemacht hatte. »Was du alles wissen willst, Jungchen!«

Ebenso war es mit der Zukunft. Natürlich schmiedete ich keine Pläne für Heirat und Familie. Aber ich nahm an der Beziehung von Julien Sorel zu Madame de Rênal mehr Anteil als an der zu Mathilde de la Mole. Ich sah Felix Krull am Ende gern in den Armen der Mutter statt der Tochter. Meine Schwester, die Germanistik studierte, berichtete beim Essen von dem Streit, ob Herr von Goethe und Frau von Stein eine Liebesbeziehung hatten, und ich verteidigte es zur Verblüffung der Familie mit Nachdruck.

Ich stellte mir vor, wie unsere Beziehung in fünf oder zehn Jahren aussehen könne. Ich fragte Hanna, wie sie es sich vorstellte. Sie mochte nicht einmal bis Ostern denken, wo ich mit ihr in den Ferien mit dem Fahrrad wegfahren wollte. Wir könnten als Mutter und Sohn ein gemeinsames Zimmer nehmen und die ganze Nacht zusammenbleiben.

Seltsam, daß mir die Vorstellung und der Vorschlag nicht peinlich waren. Bei einer Reise mit meiner Mutter hätte ich um das eigene Zimmer gekämpft. Von meiner Mutter zum Arzt oder beim Kauf eines neuen Mantels begleitet oder von einer Reise abgeholt zu werden erschien mir meinem Alter nicht mehr gemäß. Wenn sie mit mir unterwegs war und wir Schulkameraden begegneten, hatte ich Angst, für ein Muttersöhnchen gehalten zu werden. Aber mich mit Hanna zu zeigen, die, obschon zehn Jahre jünger als meine Mutter, meine Mutter hätte sein können, machte mir nichts aus. Es machte mich stolz.

Wenn ich heute eine Frau von sechsunddreißig sehe, finde ich sie jung. Aber wenn ich heute einen Jungen von fünfzehn sehe, sehe ich ein Kind. Ich staune, wieviel Sicherheit Hanna mir gegeben hat. Mein Erfolg in der Schule ließ meine Lehrer aufmerken und gab mir die Sicherheit ihres Respekts. Die Mädchen, denen ich begegnete, merkten und mochten, daß ich keine Angst vor ihnen hatte. Ich fühlte mich in meinem Körper wohl.

Die Erinnerung, die die ersten Begegnungen mit Hanna hell ausleuchtet und genau festhält, läßt die Wochen zwischen unserem Gespräch und dem Ende des Schuljahrs ineinander verschwimmen. Ein Grund dafür ist die Regelhaftigkeit, mit der wir uns trafen und mit der die

Treffen abliefen. Ein anderer Grund ist, daß ich davor noch nie so volle Tage gehabt hatte, mein Leben noch nie so schnell und dicht gewesen war. Wenn ich mich an das Arbeiten in jenen Wochen erinnere, ist mir, als hätte ich mich an den Schreibtisch gesetzt und wäre an ihm sitzen geblieben, bis alles aufgeholt war, was ich während der Gelbsucht versäumt hatte, alle Vokabeln gelernt, alle Texte gelesen, alle mathematischen Beweise geführt und chemischen Verbindungen geknüpft. Über die Weimarer Republik und das Dritte Reich hatte ich schon im Krankenbett gelesen. Auch unsere Treffen sind mir in der Erinnerung ein einziges langes Treffen. Seit unserem Gespräch waren sie immer am Nachmittag: wenn sie Spätschicht hatte, von drei bis halb fünf, sonst um halb sechs. Um sieben wurde zu Abend gegessen, und zunächst drängte Hanna mich, pünktlich zu Hause zu sein. Aber nach einer Weile blieb es nicht bei den eineinhalb Stunden, und ich fing an, Ausreden zu erfinden und das Abendessen auszulassen.

Das lag am Vorlesen. Am Tag nach unserem Gespräch wollte Hanna wissen, was ich in der Schule lernte. Ich erzählte von Homers Epen, Ciceros Reden und Hemingways Geschichte vom alten Mann und seinem Kampf mit dem Fisch und dem Meer. Sie wollte hören, wie Griechisch und Latein klingen, und ich las ihr aus der Odyssee und den Reden gegen Catilina vor.

»Lernst du auch Deutsch?«

»Wie meinst du das?«

»Lernst du nur fremde Sprachen, oder gibt es auch bei der eigenen Sprache noch was zu lernen?«

»Wir lesen Texte.« Während ich krank war, hatte die

Klasse »Emilia Galotti« und »Kabale und Liebe« gelesen, und demnächst sollte darüber eine Arbeit geschrieben werden. Also mußte ich beide Stücke lesen, und ich tat es, wenn alles andere erledigt war. Dann war es spät, und ich war müde, und was ich las, wußte ich am nächsten Tag schon nicht mehr und mußte ich noch mal lesen.

»Lies es mir vor!«

»Lies selbst, ich bring's dir mit.«

»Du hast so eine schöne Stimme, Jungchen, ich mag dir lieber zuhören als selbst lesen.«

»Ach, ich weiß nicht.«

Aber als ich am nächsten Tag kam und sie küssen wollte, entzog sie sich. »Zuerst mußt du mir vorlesen.«

Sie meinte es ernst. Ich mußte ihr eine halbe Stunde lang »Emilia Galotti« vorlesen, ehe sie mich unter die Dusche und ins Bett nahm. Jetzt war auch ich über das Duschen froh. Die Lust, mit der ich gekommen war, war über dem Vorlesen vergangen. Ein Stück so vorzulesen, daß die verschiedenen Akteure einigermaßen erkennbar und lebendig werden, verlangt einige Konzentration. Unter der Dusche wuchs die Lust wieder. Vorlesen, duschen, lieben und noch ein bißchen beieinanderliegen – das wurde das Ritual unserer Treffen.

Sie war eine aufmerksame Zuhörerin. Ihr Lachen, ihr verächtliches Schnauben und ihre empörten oder beifälligen Ausrufe ließen keinen Zweifel, daß sie der Handlung gespannt folgte und daß sie Emilia wie Luise für dumme Gören hielt. Die Ungeduld, mit der sie mich manchmal bat weiterzulesen, kam aus der Hoffnung, die Torheit müsse sich endlich legen. »Das darf doch nicht wahr sein!«

Manchmal drängte es mich selbst weiterzulesen. Als die Tage länger wurden, las ich länger, um in der Dämmerung mit ihr im Bett zu sein. Wenn sie auf mir eingeschlafen war, im Hof die Säge schwieg, die Amsel sang und von den Farben der Dinge in der Küche nur noch hellere und dunklere Grautöne blieben, war ich vollkommen glücklich.

## 10

Am ersten Tag der Osterferien stand ich um vier auf. Hanna hatte Frühschicht. Sie fuhr um Viertel nach vier mit dem Fahrrad zum Straßenbahndepot und um halb fünf mit der Bahn nach Schwetzingen. Auf der Hinfahrt sei, so hatte sie mir gesagt, die Bahn oft leer. Erst auf der Rückfahrt werde sie voll.

Ich stieg bei der zweiten Haltestelle zu. Der zweite Wagen war leer, im ersten stand Hanna beim Fahrer. Ich zögerte, ob ich mich in den vorderen oder den hinteren Wagen setzen sollte, und entschied mich für den hinteren. Er versprach Privatheit, eine Umarmung, einen Kuß. Aber Hanna kam nicht. Sie mußte gesehen haben, daß ich an der Haltestelle gewartet hatte und eingestiegen war. Deswegen hatte die Bahn gehalten. Aber sie blieb beim Fahrer stehen, redete und scherzte mit ihm. Ich konnte es sehen.

Bei einer nach der anderen Haltestelle fuhr die Bahn durch. Niemand stand und wartete. Die Straßen waren leer. Die Sonne war noch nicht aufgegangen, und unter weißem Himmel lag alles blaß in blassem Licht: Häuser, parkende Autos, frisch grünende Bäume und blühende Sträucher, der Gaskessel und in der Ferne die Berge. Die

Bahn fuhr langsam; vermutlich war der Fahrplan auf Fahr- und Haltezeiten angelegt und mußten die Fahrzeiten gestreckt werden, weil die Haltezeiten entfielen. Ich war in der langsam fahrenden Bahn eingeschlossen. Zuerst saß ich, dann stellte ich mich auf die vordere Plattform und versuchte, Hanna zu fixieren; sie sollte meinen Blick in ihrem Rücken spüren. Nach einer Weile drehte sie sich um und sah mich angelegentlich an. Dann redete sie wieder mit dem Fahrer. Die Fahrt ging weiter. Hinter Eppelheim waren die Gleise nicht in, sondern neben der Straße auf einem geschotterten Damm verlegt. Die Bahn fuhr schneller, mit dem gleichmäßigen Rattern einer Eisenbahn. Ich wußte, daß die Strecke durch weitere Orte und schließlich nach Schwetzingen führte. Aber ich fühlte mich ausgeschlossen, ausgestoßen aus der normalen Welt, in der Menschen wohnen, arbeiten und lieben. Als sei ich verdammt zu einer ziel- und endlosen Fahrt im leeren Wagen.

Dann sah ich eine Haltestelle, ein Wartehäuschen auf freiem Feld. Ich zog die Leine, mit der die Schaffner dem Fahrer signalisieren, daß er anhalten soll oder losfahren kann. Die Bahn hielt. Weder Hanna noch der Fahrer hatten auf das Klingelzeichen hin nach mir geschaut. Als ich ausstieg, war mir, als sähen sie mir lachend zu. Aber ich war nicht sicher. Dann fuhr die Bahn an, und ich sah ihr nach, bis sie zuerst in einer Senke und dann hinter einem Hügel verschwand. Ich stand zwischen Damm und Straße, ringsum waren Felder, Obstbäume und weiter weg ein Gärtnereibetrieb mit Gewächshäusern. Die Luft war frisch. Sie war erfüllt vom Zwitschern der Vögel. Über den Bergen leuchtete der weiße Himmel rosa.

Die Fahrt in der Bahn war wie ein böser Traum gewesen. Wenn ich das Nachspiel nicht in so deutlicher Erinnerung hätte, wäre ich versucht, sie tatsächlich für einen bösen Traum zu halten. An der Haltestelle stehen, die Vögel hören und die Sonne aufgehen sehen war wie aufwachen. Aber das Aufwachen aus einem bösen Traum muß einen nicht erleichtern. Es kann einen auch erst richtig gewahr werden lassen, was man Furchtbares geträumt hat, vielleicht sogar welcher furchtbaren Wahrheit man im Traum begegnet ist. Ich machte mich auf den Weg nach Hause, mir liefen die Tränen, und erst als ich Eppelheim erreichte, konnte ich aufhören zu weinen.

Ich machte den Weg nach Hause zu Fuß. Ein paarmal versuchte ich vergebens zu trampen. Als ich die Hälfte des Wegs geschafft hatte, fuhr die Straßenbahn an mir vorbei. Sie war voll. Ich sah Hanna nicht.

Ich erwartete sie um zwölf auf dem Treppenabsatz vor ihrer Wohnung, traurig, ängstlich und wütend.

»Schwänzst du wieder Schule?«

»Ich habe Ferien. Was war heute morgen los?« Sie schloß auf, und ich folgte ihr in die Wohnung und in die Küche.

»Was soll heute morgen los gewesen sein?«

»Warum hast du getan, als kennst du mich nicht? Ich wollte…«

»Ich habe getan, als kenne ich dich nicht?« Sie drehte sich um und sah mir kalt ins Gesicht. »Du hast mich nicht kennen wollen. Steigst in den zweiten Wagen, wo du doch siehst, daß ich im ersten bin.«

»Warum fahre ich am ersten Tag meiner Ferien um halb

fünf nach Schwetzingen? Doch nur weil ich dich überraschen wollte, weil ich dachte, du freust dich. In den zweiten Wagen bin ich...«

»Du armes Kind. Warst schon um halb fünf auf, und das auch noch in deinen Ferien.« Ich hatte sie noch nie ironisch erlebt. Sie schüttelte den Kopf. »Was weiß ich, warum du nach Schwetzingen fährst. Was weiß ich, warum du mich nicht kennen willst. Ist deine Sache, nicht meine. Würdest du jetzt gehen?«

Ich kann nicht beschreiben, wie empört ich war. »Das ist nicht fair, Hanna. Du hast gewußt, du mußtest wissen, daß ich nur für dich mitgefahren bin. Wie kannst du dann glauben, ich hätte dich nicht kennen wollen? Wenn ich dich nicht hätte kennen wollen, wäre ich gar nicht mitgefahren.«

»Ach, laß mich. Ich hab dir schon gesagt, was du machst, ist deine Sache, nicht meine.« Sie hatte sich so gestellt, daß der Küchentisch zwischen uns war, ihr Blick, ihre Stimme und ihre Gesten behandelten mich als Eindringling und forderten mich auf zu gehen.

Ich setzte mich aufs Sofa. Sie hatte mich schlecht behandelt, und ich hatte sie zur Rede stellen wollen. Aber ich war gar nicht an sie herangekommen. Statt dessen hatte sie mich angegriffen. Und ich begann, unsicher zu werden. Hatte sie vielleicht recht, nicht objektiv, aber subjektiv? Konnte, mußte sie mich falsch verstehen? Hatte ich sie verletzt, ohne meine Absicht, gegen meine Absicht, aber eben doch verletzt?

»Es tut mir leid, Hanna. Alles ist schiefgelaufen. Ich habe dich nicht kränken wollen, aber es scheint...«

»Es scheint? Du meinst, es scheint, du hast mich gekränkt? Du kannst mich nicht kränken, du nicht. Und gehst du jetzt endlich? Ich habe gearbeitet, ich will baden, ich will meine Ruhe haben.« Sie sah mich auffordernd an. Als ich nicht aufstand, zuckte sie mit den Schultern, drehte sich um, ließ Wasser in die Wanne und zog sich aus.

Jetzt stand ich auf und ging. Ich dachte, ich gehe für immer. Aber nach einer halben Stunde stand ich wieder vor der Wohnung. Sie ließ mich herein, und ich nahm alles auf mich. Ich hatte gedankenlos, rücksichtslos, lieblos gehandelt. Ich verstand, daß sie gekränkt war. Ich verstand, daß sie nicht gekränkt war, weil ich sie nicht kränken konnte. Ich verstand, daß ich sie nicht kränken konnte, daß sie sich mein Verhalten aber einfach nicht bieten lassen durfte. Am Ende war ich glücklich, als sie zugab, daß ich sie verletzt hatte. Also war sie doch nicht so unberührt und unbeteiligt, wie sie getan hatte.

»Verzeihst du mir?«

Sie nickte.

»Liebst du mich?«

Sie nickte wieder. »Die Wanne ist noch voll. Komm, ich bade dich.«

Später habe ich mich gefragt, ob sie das Wasser in der Wanne gelassen hatte, weil sie wußte, daß ich wiederkommen würde. Ob sie sich ausgezogen hatte, weil sie wußte, daß mir das nicht aus dem Sinn gehen und daß es mich zurückbringen würde. Ob sie nur ein Machtspiel hatte gewinnen wollen. Als wir uns geliebt hatten und beieinanderlagen und ich ihr erzählte, warum ich in den zweiten statt den ersten Wagen gestiegen war, neckte sie mich. »Sogar in der Straßenbahn willst du's mit mir machen? Jungchen, Jungchen!« Es war, als sei der Anlaß unseres Streits eigentlich ohne Bedeutung.

Aber sein Ergebnis hatte Bedeutung. Ich hatte nicht nur diesen Streit verloren. Ich hatte nach kurzem Kampf kapituliert, als sie drohte, mich zurückzuweisen, sich mir zu entziehen. In den kommenden Wochen habe ich nicht einmal mehr kurz gekämpft. Wenn sie drohte, habe ich sofort bedingungslos kapituliert. Ich habe alles auf mich genommen. Ich habe Fehler zugegeben, die ich nicht begangen hatte, Absichten eingestanden, die ich nie gehegt hatte. Wenn sie kalt und hart wurde, bettelte ich darum, daß sie mir wieder gut ist, mir verzeiht, mich liebt. Manchmal empfand ich, als leide sie selbst unter ihrem Erkalten und Erstarren. Als sehne sie sich nach der Wärme meiner Entschuldigungen, Beteuerungen und Beschwörungen. Manchmal dachte ich, sie triumphiert einfach über mich. Aber so oder so hatte ich keine Wahl.

Ich konnte mit ihr nicht darüber reden. Das Reden über unser Streiten führte nur zu weiterem Streit. Ein- oder zweimal habe ich ihr lange Briefe geschrieben. Aber sie reagierte nicht, und als ich nachfragte, fragte sie zurück: »Fängst du schon wieder an?«

## 11

Nicht daß Hanna und ich nach dem ersten Tag der Osterferien nicht mehr glücklich gewesen wären. Wir waren nie
glücklicher als in jenen Aprilwochen. So verstellt dieser
erste Streit und überhaupt unser Streiten war – alles, was
unser Ritual des Vorlesens, Duschens, Liebens und Beieinanderliegens öffnete, tat uns gut. Außerdem hatte sie
sich mit ihrem Vorwurf, ich hätte sie nicht kennen wollen,
festgelegt. Wenn ich mich mit ihr zeigen wollte, konnte sie
keine prinzipiellen Einwände erheben. »Also wolltest du
doch nicht mit mir gesehen werden« – das mochte sie sich
nicht sagen lassen müssen. So fuhren wir in der Woche
nach Ostern mit dem Fahrrad weg, vier Tage Wimpfen,
Amorbach und Miltenberg.

Ich weiß nicht mehr, was ich meinen Eltern gesagt habe.
Daß ich die Fahrt mit meinem Freund Matthias mache?
Mit einer Gruppe? Daß ich einen ehemaligen Klassen-
kameraden besuche? Vermutlich war meine Mutter besorgt, wie immer, und fand mein Vater, wie immer, sie
solle sich keine Sorgen machen. Hatte ich nicht gerade die
Klasse geschafft, was mir niemand zugetraut hatte?

Während ich krank war, hatte ich mein Taschengeld

nicht ausgegeben. Aber das würde nicht reichen, wenn ich auch für Hanna zahlen wollte. Also bot ich meine Briefmarkensammlung im Briefmarkengeschäft bei der Heiliggeistkirche zum Verkauf. Es war das einzige Geschäft, das an der Tür den Ankauf von Sammlungen anzeigte. Der Verkäufer sah meine Alben durch und bot mir sechzig Mark. Ich wies ihn auf mein Prunkstück hin, eine geradegeschnittene ägyptische Marke mit einer Pyramide, die im Katalog mit vierhundert Mark verzeichnet war. Er zuckte mit den Schultern. Wenn ich so an meiner Sammlung hinge, sollte ich sie vielleicht besser behalten. Dürfte ich sie überhaupt verkaufen? Was sagten meine Eltern dazu? Ich versuchte zu handeln. Wenn die Marke mit der Pyramide doch nicht wertvoll sei, würde ich sie einfach behalten. Dann könne er mir nur noch dreißig Mark geben. Also sei die Marke mit der Pyramide doch wertvoll? Am Ende bekam ich siebzig Mark. Ich fühlte mich betrogen, aber es war mir gleichgültig.

Nicht nur ich hatte Reisefieber. Zu meinem Erstaunen war auch Hanna schon Tage vor der Reise unruhig. Sie überlegte hin und her, was sie mitnehmen sollte, und packte die Satteltaschen und den Rucksack, die ich für sie besorgt hatte, um und um. Als ich ihr auf der Karte die Route zeigen wollte, die ich mir überlegt hatte, wollte sie nichts hören und nichts sehen. »Ich bin jetzt zu aufgeregt. Du machst das schon richtig, Jungchen.«

Wir brachen am Ostermontag auf. Die Sonne schien, und sie schien vier Tage lang. Morgens war es frisch, und tags wurde es warm, nicht zu warm fürs Fahrradfahren, aber warm genug zum Picknicken. Die Wälder waren

Teppiche in Grün, mit gelbgrünen, hellgrünen, flaschengrünen, blau- und schwarzgrünen Tupfern, Flecken und Flächen. In der Rheinebene blühten schon die ersten Obstbäume. Im Odenwald gingen gerade die Forsythien auf.

Oft konnten wir nebeneinander fahren. Dann zeigten wir uns, was wir sahen: die Burg, den Angler, das Schiff auf dem Fluß, das Zelt, die Familie im Gänsemarsch am Ufer, den amerikanischen Straßenkreuzer mit offenem Verdeck. Wenn wir eine andere Richtung und Straße nahmen, mußte ich vorausfahren; sie wollte sich um Richtungen und Straßen nicht kümmern. Sonst fuhr, wenn der Verkehr zu dicht war, mal sie hinter mir, mal ich hinter ihr. Sie hatte ein Fahrrad mit verdeckten Speichen und verdecktem Tretwerk und Zahnrad und trug ein blaues Kleid, dessen weiter Rock im Fahrtwind flatterte. Ich brauchte eine Weile, bis ich nicht mehr fürchtete, der Rock werde in die Speichen oder ins Zahnrad geraten und sie werde stürzen. Danach sah ich sie gerne vor mir herfahren.

Wie hatte ich mich auf die Nächte gefreut. Ich hatte mir vorgestellt, daß wir uns lieben, einschlafen, aufwachen, uns wieder lieben, wieder einschlafen, wieder aufwachen und so fort, Nacht für Nacht. Aber nur in der ersten Nacht bin ich noch mal aufgewacht. Sie lag mit dem Rücken zu mir, ich beugte mich über sie und küßte sie, und sie drehte sich auf den Rücken, nahm mich in sich auf und hielt mich in ihren Armen. »Mein Jungchen, mein Jungchen.« Dann schlief ich auf ihr ein. Die anderen Nächte schliefen wir durch, müde vom Fahren, von Sonne und Wind. Wir liebten uns am Morgen.

Hanna überließ mir nicht nur die Wahl der Richtungen und Straßen. Ich suchte die Gasthöfe aus, in denen wir über Nacht blieben, trug uns als Mutter und Sohn in die Meldezettel ein, die sie nur noch unterschrieb, und wählte auf der Speisekarte nicht nur für mich, sondern auch für sie das Essen aus. »Ich mag's, mich mal um nichts zu kümmern.«

Den einzigen Streit hatten wir in Amorbach. Ich war früh aufgewacht, hatte mich leise angezogen und aus dem Zimmer gestohlen. Ich wollte das Frühstück hochbringen und wollte auch schauen, ob ich schon ein offenes Blumengeschäft finde und eine Rose für Hanna kriege. Ich hatte ihr einen Zettel auf den Nachttisch gelegt. »Guten Morgen! Hole Frühstück, bin gleich wieder zurück« – oder so ähnlich. Als ich wiederkam, stand sie im Zimmer, halb angezogen, zitternd vor Wut, weiß im Gesicht.

»Wie kannst du einfach so gehen!«

Ich setzte das Tablett mit Frühstück und Rose ab und wollte sie in die Arme nehmen. »Hanna…«

»Faß mich nicht an.« Sie hatte den schmalen ledernen Gürtel in der Hand, den sie um ihr Kleid tat, machte einen Schritt zurück und zog ihn mir durchs Gesicht. Meine Lippe platzte, und ich schmeckte Blut. Es tat nicht weh. Ich war furchtbar erschrocken. Sie holte noch mal aus.

Aber sie schlug nicht noch mal. Sie ließ den Arm sinken und den Gürtel fallen und weinte. Ich hatte sie noch nie weinen sehen. Ihr Gesicht verlor alle Form. Aufgerissene Augen, aufgerissener Mund, die Lider nach den ersten Tränen verquollen, rote Flecken auf Wange und Hals. Aus ihrem Mund kamen krächzende, kehlige Laute, ähnlich dem tonlosen Schrei, wenn wir uns liebten. Sie stand da und sah mich durch ihre Tränen an.

Ich hätte sie in meine Arme nehmen sollen. Aber ich konnte nicht. Ich wußte nicht, was tun. Bei uns zu Hause weinte man nicht so. Man schlug nicht, nicht mit der Hand und erst recht nicht mit einem Lederriemen. Man redete. Aber was sollte ich sagen?

Sie machte zwei Schritte zu mir, warf sich an meine Brust, schlug mit den Fäusten auf mich ein, klammerte sich an mich. Jetzt konnte ich sie halten. Ihre Schultern zuckten, sie schlug mit der Stirn an meine Brust. Dann seufzte sie tief und kuschelte sich in meine Arme.

»Frühstücken wir?« Sie löste sich von mir. »Mein Gott, Jungchen, wie siehst du aus!« Sie holte ein nasses Handtuch und säuberte meinen Mund und mein Kinn. »Und das Hemd ist voller Blut.« Sie zog mir das Hemd aus, dann die Hose und dann zog sie sich aus, und wir liebten uns.

»Was war eigentlich los? Warum warst du so wütend?« Wir lagen beieinander, so befriedigt und zufrieden, daß ich dachte, jetzt werde sich alles klären.

»Was war los, was war los – wie dumm du immer fragst. Du kannst nicht einfach so gehen.«

»Aber ich habe dir doch einen Zettel...«

»Zettel?«

Ich setzte mich. Da, wo ich den Zettel auf den Nachttisch gelegt hatte, lag er nicht mehr. Ich stand auf, suchte neben und unter dem Nachttisch, unter dem Bett, im Bett. Ich fand ihn nicht. »Ich versteh das nicht. Ich hatte dir einen Zettel geschrieben, daß ich Frühstück hole und gleich zurück bin.«

»Hast du? Ich seh keinen Zettel.«

»Du glaubst mir nicht?«

»Ich will dir gerne glauben. Aber ich seh keinen Zettel.«
Wir stritten nicht mehr. War ein Windstoß gekommen, hatte den Zettel genommen und irgend- und nirgendwo hingetragen? War alles ein Mißverständnis gewesen, ihre Wut, meine geplatzte Lippe, ihr wundes Gesicht, meine Hilflosigkeit?

Hätte ich weitersuchen sollen, nach dem Zettel, nach der Ursache von Hannas Wut, nach der Ursache meiner Hilflosigkeit? »Lies noch was vor, Jungchen!« Sie schmiegte sich an mich, und ich nahm Eichendorffs »Taugenichts« und fuhr fort, wo ich beim letztenmal geendet hatte. Der »Taugenichts« las sich leicht vor, leichter als »Emilia Galotti« und »Kabale und Liebe«. Hanna folgte wieder mit gespannter Anteilnahme. Sie mochte die eingestreuten Gedichte. Sie mochte die Verkleidungen, Verwechslungen, Verwicklungen und Nachstellungen, in die sich der Held in Italien verstrickt. Zugleich nahm sie ihm übel, daß er ein Taugenichts ist, nichts leistet, nichts kann und auch nichts können will. Sie war hin und her gerissen und konnte noch Stunden, nachdem ich mit dem Vorlesen aufgehört hatte, mit Fragen kommen. »Zolleinnehmer – war das kein guter Beruf?«

Wieder ist der Bericht über unseren Streit so ausführlich geraten, daß ich auch von unserem Glück berichten will. Der Streit hat unser Verhältnis zueinander inniger gemacht. Ich hatte sie weinen sehen, Hanna, die auch weinte, war mir näher als Hanna, die nur stark war. Sie begann, eine sanfte Seite zu zeigen, die ich noch nicht gekannt hatte. Sie hat meine geplatzte Lippe, bis sie heilte, immer wieder betrachtet und zart berührt.

Wir liebten uns anders. Lange hatte ich mich ganz ihrer Führung, ihrem Besitzergreifen überlassen. Dann hatte auch ich von ihr Besitz zu nehmen gelernt. Auf und seit unserer Fahrt haben wir nicht mehr nur Besitz voneinander ergriffen.

Ich habe ein Gedicht, das ich damals geschrieben habe. Als Gedicht ist es nichts wert. Ich habe damals für Rilke und für Benn geschwärmt, und ich erkenne, daß ich beiden zugleich nacheifern wollte. Aber ich erkenne auch wieder, wie nah wir einander damals waren. Hier ist das Gedicht:

> Wenn wir uns öffnen
> du dich mir und ich dir mich,
> wenn wir versinken
> in mich du und ich in dich,
> wenn wir vergehen
> du mir in und dir in ich.
>
> Dann
> bin ich ich
> und bist du du.

## 12

Während ich keine Erinnerungen an die Lügen habe, die ich meinen Eltern zur Fahrt mit Hanna präsentierte, erinnere ich mich an den Preis, den ich zahlen mußte, damit ich in der letzten Ferienwoche alleine zu Hause bleiben konnte. Ich weiß nicht mehr, wohin meine Eltern, die große Schwester und der große Bruder verreisten. Das Problem war die kleine Schwester. Sie sollte in die Familie einer Freundin. Aber wenn ich zu Hause bliebe, wollte sie auch zu Hause bleiben. Das wollten meine Eltern nicht. Also sollte auch ich in die Familie eines Freundes.

Im Rückblick finde ich beachtlich, daß meine Eltern bereit waren, mich Fünfzehnjährigen eine Woche lang alleine zu Hause zu lassen. Hatten sie die Selbständigkeit bemerkt, die durch die Begegnung mit Hanna in mir gewachsen war? Oder hatten sie einfach registriert, daß ich trotz der Monate der Krankheit die Klasse geschafft hatte, und daraus geschlossen, daß ich verantwortungsbewußter und vertrauenswürdiger war, als ich bisher hatte erkennen lassen? Ich erinnere mich auch nicht, daß ich wegen der vielen Stunden, die ich damals bei Hanna verbrachte, zur Rechenschaft gezogen worden wäre. Meine Eltern nahmen mir anscheinend ab, daß ich, wieder gesund, viel mit Freunden zusammen sein, zusammen lernen und zusammen Freizeit verbringen wollte. Überdies sind vier Kinder ein Rudel, bei dem die Aufmerksamkeit der Eltern nicht allen gelten kann, sondern sich auf das konzentriert, das gerade besondere Probleme machte. Ich hatte lange genug Probleme gemacht; meine Eltern waren erleichtert, daß ich gesund und in die nächste Klasse versetzt war.

Als ich meine kleine Schwester fragte, was sie haben wolle, damit sie zu ihrer Freundin gehe, während ich zu Hause bliebe, verlangte sie Jeans, wir sagten damals Blue jeans oder Nietenhosen, und einen Nicki, einen samtenen Pullover. Das verstand ich. Jeans waren damals noch etwas Besonderes, Schickes, und überdies versprachen sie die Befreiung von Fischgrätanzügen und großblumig gemusterten Kleidern. Wie ich die Sachen meines Onkels auftragen mußte, mußte meine kleine Schwester die Sachen der großen Schwester auftragen. Aber ich hatte kein Geld.

»Dann klau sie!« Meine kleine Schwester schaute gleichmütig.

Es war verblüffend einfach. Ich probierte verschiedene Jeans an, nahm auch ein Paar ihrer Größe in die Umkleidekabine und trug es unter der weit geschnittenen Anzughose am Bauch aus dem Geschäft. Den Nicki klaute ich im Kaufhof. Am einen Tag schlenderten meine kleine Schwester und ich in der Modeabteilung von Stand zu Stand, bis wir den richtigen Stand und den richtigen Nicki gefunden hatten. Am nächsten Tag ging ich eilenden, entschlossenen Schritts durch die Abteilung, griff den Pullover, barg ihn unter der Anzugsjacke und war auch schon draußen. Am Tag darauf klaute ich für Hanna ein seidenes Nachthemd, wurde vom Kaufhofdetektiv gesehen, rannte wie um mein Leben und entkam mit Mühe und Not. Ich habe den Kaufhof jahrelang nicht betreten.

Seit den gemeinsamen Nächten auf unserer Fahrt hatte ich jede Nacht Sehnsucht danach, sie neben mir zu spüren, mich an sie zu kuscheln, meinen Bauch an ihren Po und meine Brust an ihren Rücken, meine Hand auf ihre Brüste zu legen, beim nächtlichen Aufwachen sie mit dem Arm zu suchen, zu finden, ein Bein über ihre Beine zu schieben und das Gesicht an ihre Schulter zu drücken. Eine Woche alleine zu Hause war sieben Nächte mit Hanna.

An einem Abend habe ich sie eingeladen und für sie gekocht. Sie stand in der Küche, als ich letzte Hand ans Essen legte. Sie stand in der offenen Flügeltür zwischen Eß- und Wohnzimmer, als ich auftrug. Sie saß am runden Eßtisch, wo sonst mein Vater saß. Sie sah sich um.

Ihr Blick tastete alles ab, die Biedermeiermöbel, den Flügel, die alte Standuhr, die Bilder, die Regale mit den Büchern, Geschirr und Besteck auf dem Tisch. Als ich sie alleine gelassen hatte, um den Nachtisch fertigzumachen, fand ich sie nicht am Tisch wieder. Sie war von Zimmer zu Zimmer gegangen und stand im Arbeitszimmer meines Vaters. Ich lehnte mich leise an den Türpfosten und sah ihr zu. Sie ließ ihren Blick über die Bücherregale wandern, die die Wände füllten, als lese sie einen Text. Dann ging sie zu einem Regal, fuhr in Brusthöhe mit dem Zeigefinger der rechten Hand langsam die Buchrücken entlang, ging zum nächsten Regal, fuhr mit dem Finger weiter, Buchrücken um Buchrücken, und schritt das ganze Zimmer ab. Beim Fenster blieb sie stehen, sah in die Dunkelheit, auf den Widerschein der Bücherregale und auf ihr Spiegelbild.

Es ist eines der Bilder von Hanna, die mir geblieben sind. Ich habe sie gespeichert, kann sie auf eine innere Leinwand projizieren und auf ihr betrachten, unverändert, unverbraucht. Manchmal denke ich lange nicht an sie. Aber immer kommen sie mir wieder in den Sinn, und dann kann es sein, daß ich sie mehrfach hintereinander auf die innere Leinwand projizieren und betrachten muß. Eines ist Hanna, die in der Küche die Strümpfe anzieht. Ein anderes ist Hanna, die vor der Badewanne steht und mit ausgebreiteten Händen das Frottiertuch hält. Ein weiteres ist Hanna, die Fahrrad fährt und deren Rock im Fahrtwind weht. Dann ist da das Bild von Hanna im Arbeitszimmer meines Vaters. Sie hat ein blau-weiß gestreiftes Kleid an, ein damals so genanntes Hemdblusenkleid. In ihm sieht sie jung aus. Sie ist mit dem Finger die Bücherrücken entlanggefahren und hat ins Fenster gekuckt. Jetzt dreht sie sich zu mir um, schnell genug, daß der Rock einen kurzen Augenblick um ihre Beine schwingt, ehe er wieder glatt hängt. Ihr Blick ist müde.

»Sind das Bücher, die dein Vater nur gelesen oder auch geschrieben hat?«

Ich wußte von einem Kant- und einem Hegel-Buch meines Vater, suchte und fand beide und zeigte sie ihr.

»Lies mir ein bißchen daraus vor. Willst du nicht, Jungchen?«

»Ich …« Ich mochte nicht, mochte ihr aber den Wunsch auch nicht abschlagen. Ich nahm das Kant-Buch meines

Vaters und las ihr daraus vor, eine Passage über Analytik und Dialektik, die sie und ich gleichermaßen nicht verstanden. »Langt das?«

Sie sah mich an, als habe sie alles verstanden oder als komme es nicht darauf an, was man versteht und was nicht. »Wirst du eines Tages auch solche Bücher schreiben?«

Ich schüttelte den Kopf.

»Wirst du andere Bücher schreiben?«

»Ich weiß nicht.«

»Wirst du Stücke schreiben?«

»Ich weiß nicht, Hanna.«

Sie nickte. Dann haben wir den Nachtisch gegessen und sind zu ihr gegangen. Ich hätte gerne mit ihr in meinem Bett geschlafen, aber sie wollte nicht. Sie fühlte sich bei mir zu Hause als Eindringling. Sie sagte es nicht mit Worten, aber durch die Art, mit der sie in der Küche oder in der offenen Flügeltür stand, von Zimmer zu Zimmer ging, die Bücher meines Vaters abschritt und mit mir beim Essen saß.

Ich schenkte ihr das seidene Nachthemd. Es war auberginenfarben, hatte dünne Träger, ließ Schultern und Arme frei und reichte bis an die Knöchel. Es glänzte und schimmerte. Hanna freute sich, lachte und strahlte. Sie sah an sich hinab, drehte sich, tanzte ein paar Schritte, sah sich im Spiegel, betrachtete kurz ihr Spiegelbild und tanzte weiter. Auch das ist ein Bild, das mir von Hanna geblieben ist.

13

Ich habe den Beginn eines Schuljahres immer als Ein-
schnitt empfunden. Der Wechsel von der Unter- in die
Obersekunda brachte eine besonders einschneidende Ver-
änderung. Meine Klasse wurde aufgelöst und auf die drei
Parallelklassen verteilt. Ziemlich viele Schüler hatten die
Schwelle von der Unter- zur Obersekunda nicht geschafft,
und so wurden vier kleine Klassen in drei große zusam-
mengelegt.

Das Gymnasium, das ich besuchte, hatte lange nur Jungen aufgenommen. Als auch Mädchen aufgenommen
wurden, waren es zunächst so wenige, daß sie nicht gleichmäßig auf die Parallelklassen verteilt, sondern nur einer,
später auch zwei und drei Klassen zugewiesen wurden, bis
sie jeweils ein Drittel der Klassenstärke ausmachten. So
viele Mädchen, daß auch meiner alten Klasse welche zugewiesen worden wären, gab es in meinem Jahrgang nicht.
Wir waren die vierte Parallelklasse, eine reine Jungen-
klasse. Deswegen wurden auch wir aufgelöst und verteilt
und nicht eine der anderen Klassen.

Wir erfuhren davon erst bei Beginn des neuen Schuljahrs. Der Rektor bestellte uns in ein Klassenzimmer und

eröffnete uns, daß und wie wir verteilt waren. Zusammen mit sechs Mitschülern ging ich über die leeren Gänge in das neue Klassenzimmer. Wir bekamen die Plätze, die übriggeblieben waren, ich einen in der zweiten Reihe. Es waren Einzelsitze, aber in drei Kolonnen standen jeweils zwei nebeneinander. Ich saß in der mittleren Kolonne. Links von mir saß ein Mitschüler aus meiner alten Klasse, Rudolf Bargen, ein schwergewichtiger, ruhiger, verläßlicher Schach- und Hockeyspieler, mit dem ich in der alten Klasse kaum zu tun gehabt hatte, aber bald gut Freund war. Rechts von mir saßen jenseits des Gangs die Mädchen.

Meine Nachbarin war Sophie. Braunhaarig, braunäugig, sommerlich gebräunt, mit goldenen Härchen auf den nackten Armen. Als ich mich gesetzt hatte und umsah, lächelte sie mich an.

Ich lächelte zurück. Ich fühlte mich gut, freute mich auf den neuen Anfang in der neuen Klasse und auf die Mädchen. Ich hatte meine Mitschüler in der Untersekunda beobachtet: Sie hatten, ob sie Mädchen in der Klasse hatten oder nicht, Angst vor ihnen, wichen ihnen aus und schnitten vor ihnen auf oder himmelten sie an. Ich kannte die Frauen und konnte gelassen und kameradschaftlich sein. Das mochten die Mädchen. Ich würde in der neuen Klasse mit ihnen zurechtkommen und dadurch auch bei den Jungen ankommen.

Geht das allen so? Ich fühlte mich, als ich jung war, immer entweder zu sicher oder zu unsicher. Entweder kam ich mir völlig unfähig, unansehnlich und nichtswürdig vor, oder ich meinte, ich sei alles in allem gelungen und mir müsse auch alles gelingen. Fühlte ich mich sicher, dann bewältigte ich die größten Schwierigkeiten. Aber das kleinste Scheitern genügte, mich von meiner Nichtswürdigkeit zu überzeugen. Die Wiedergewinnung der Sicherheit war nie das Resultat von Erfolg; hinter dem, was ich eigentlich von mir an Leistung erwartete und von anderen an Anerkennung ersehnte, blieb jeder Erfolg kläglich zurück, und ob ich diese Kläglichkeit empfand oder ob mich der Erfolg doch stolz machte, hing davon ab, wie es mir ging. Mit Hanna ging es mir über viele Wochen gut – trotz unserer Auseinandersetzungen, obwohl sie mich immer wieder zurückwies und ich mich immer wieder erniedrigte. Und so fing auch der Sommer in der neuen Klasse gut an.

Ich sehe das Klassenzimmer vor mir: vorne rechts die Tür, an der rechten Wand die Holzleiste mit den Kleiderhaken, links Fenster an Fenster und dadurch der Blick auf den Heiligenberg und, wenn wir in den Pausen an den Fenstern standen, hinunter auf die Straße, den Fluß und die Wiesen am anderen Ufer, vorne Tafel, Ständer für Landkarten und Schaubilder und Lehrerpult und -stuhl auf fußhohem Podest. Die Wände waren bis in Kopfhöhe in gelber Ölfarbe, darüber weiß gestrichen, und von der Decke hingen zwei milchige Kugellampen. Der Raum enthielt nichts Überflüssiges, keine Bilder, keine Pflanzen, keinen überzähligen Einzelsitz, keinen Schrank mit vergessenen Büchern und Heften oder farbiger Kreide. Wenn der Blick schweifte, schweifte er zum Fenster hinaus oder verstohlen zu Nachbarin und Nachbar. Wenn Sophie merkte, daß ich sie ansah, wandte sie sich mir zu und lächelte mich an.

»Berg, daß Sophia ein griechischer Name ist, ist kein Grund, daß Sie im Griechischunterricht Ihre Nachbarin studieren. Übersetzen Sie!«

Wir übersetzten die Odyssee. Ich hatte sie auf deutsch gelesen, liebte sie und liebe sie bis heute. Wenn ich drankam, brauchte ich nur Sekunden, bis ich mich zurechtfand und übersetzte. Als der Lehrer mich mit Sophie aufgezogen und die Klasse zu lachen aufgehört hatte, stotterte ich wegen etwas anderem. Nausikaa, den Unsterblichen an Wuchs und Aussehen gleichend, jungfräulich und weißarmig – sollte ich mir dabei Hanna oder Sophie vorstellen? Es mußte eine von beiden sein.

14

Wenn bei Flugzeugen die Motoren ausfallen, ist das nicht das Ende des Flugs. Die Flugzeuge fallen nicht wie Steine vom Himmel. Sie gleiten weiter, die riesengroßen, mehrstrahligen Passagierflugzeuge eine halbe bis Dreiviertelstunde lang, um dann beim Versuch des Landens zu zerschellen. Die Passagiere merken nichts. Fliegen fühlt sich bei ausgefallenen Motoren nicht anders an als bei arbeitenden. Es ist leiser, aber nur ein bißchen leiser: Lauter als die Motoren ist der Wind, der sich an Rumpf und Flügeln bricht. Irgendwann sind beim Blick durchs Fenster die Erde oder das Meer bedrohlich nah. Oder der Film läuft, und die Stewardessen und Stewards haben die Jalousien geschlossen. Vielleicht empfinden die Passagiere den ein bißchen leiseren Flug sogar als besonders angenehm.

Der Sommer war der Gleitflug unserer Liebe. Oder vielmehr meiner Liebe zu Hanna; über ihre Liebe zu mir weiß ich nichts.

Wir haben unser Ritual des Vorlesens, Duschens, Liebens und Beieinanderliegens beibehalten. Ich habe »Krieg und Frieden« vorgelesen, mit allen Darlegungen Tolstois über Geschichte, große Männer, Rußland, Liebe und Ehe, es müssen vierzig bis fünfzig Stunden gewesen sein. Wieder ist Hanna dem Fortgang des Buchs gespannt gefolgt. Aber es war anders als bisher; sie hielt sich mit ihren Urteilen zurück, machte Natascha, Andrej und Pierre nicht zum Teil ihrer Welt, wie sie das mit Luise und Emilia getan hatte, sondern betrat ihre Welt, wie man staunend eine ferne Reise tut oder ein Schloß betritt, in das man eingelassen ist, in dem man verweilen darf, mit dem man vertraut wird, ohne doch die Scheu je völlig zu verlieren. Was ich ihr bisher vorgelesen hatte, hatte ich davor schon gekannt. »Krieg und Frieden« war auch für mich neu. Wir taten die ferne Reise gemeinsam.

Wir haben Kosenamen füreinander erdacht. Sie begann, mich nicht mehr nur Jungchen zu nennen, sondern auch, mit verschiedenen Attributen und Diminutiven, Frosch oder Kröte, Welpe, Kiesel und Rose. Ich blieb bei Hanna, bis sie mich fragte: »An was für ein Tier denkst du, wenn du mich im Arm hältst, die Augen schließt und an Tiere denkst?« Ich schloß die Augen und dachte an Tiere. Wir lagen aneinandergeschmiegt, mein Kopf an ihrem Hals, mein Hals an ihren Brüsten, mein rechter Arm unter ihr und auf ihrem Rücken und mein linker auf ihrem Po. Ich strich mit Armen und Händen über ihren breiten Rücken, ihre harten Schenkel, ihren festen Po und spürte auch ihre Brüste und ihren Bauch fest an Hals und Brust. Glatt und weich fühlte sich ihre Haut an und ihr Körper darunter kraftvoll und verläßlich. Als meine Hand auf ihrer Wade lag, fühlte sie ein stetiges, zuckendes Spiel der Muskeln. Es ließ mich an das Zucken der Haut denken, mit dem Pferde Fliegen zu verscheuchen versuchen. »An ein Pferd.«

»Ein Pferd?« Sie löste sich von mir, richtete sich auf und sah mich an. Sah mich entsetzt an.

»Magst du das nicht? Ich komme drauf, weil du dich so gut anfühlst, glatt und weich und darunter fest und stark. Und weil deine Wade zuckt.« Ich erklärte ihr meine Assoziation.

Sie sah auf das Muskelspiel ihrer Waden. »Pferd«, sie schüttelte den Kopf, »ich weiß nicht…«

Das war nicht ihre Art. Sie war sonst völlig eindeutig, entweder in Zustimmung oder in Ablehnung. Ich war unter ihrem entsetzten Blick bereit gewesen, wenn's sein mußte, alles zurückzunehmen, mich anzuklagen und sie um Entschuldigung zu bitten. Aber jetzt versuchte ich, sie mit dem Pferd zu versöhnen. »Ich könnte Cheval zu dir sagen oder Hottehüh oder Equinchen oder Bukeffelchen. Ich denke bei Pferd nicht an Pferdegebiß oder Pferdeschädel oder was immer dir nicht gefällt, sondern an etwas Gutes, Warmes, Weiches, Starkes. Du bist kein Häschen oder Kätzchen, und Tigerin – da ist was drin, was Böses, was du auch nicht bist.«

Sie legte sich auf den Rücken, die Arme hinter dem Kopf. Jetzt richtete ich mich auf und sah sie an. Ihr Blick ging ins Leere. Nach einer Weile wandte sie mir ihr Gesicht zu. Sein Ausdruck war von eigentümlicher Innigkeit. »Doch, ich mag, wenn du Pferd zu mir sagst oder die anderen Pferdenamen – erklärst du sie mir?«

Einmal sind wir zusammen in der Nachbarstadt im Theater gewesen und haben »Kabale und Liebe« gesehen. Es war Hannas erster Theaterbesuch, und sie genoß alles, von der Aufführung bis zum Sekt in der Pause. Ich legte meinen Arm um ihre Taille, und mir war egal, was die Leute von uns als Paar denken mochten. Ich war stolz darauf, daß es mir egal war. Zugleich wußte ich, daß es mir im Theater in meiner Heimatstadt nicht egal gewesen wäre. Wußte sie es auch?

Sie wußte, daß mein Leben im Sommer nicht mehr nur um sie, die Schule und das Lernen kreiste. Immer öfter kam ich, wenn ich am späten Nachmittag zu ihr kam, aus dem Schwimmbad. Dort trafen sich die Klassenkameradinnen und -kameraden, machten zusammen Schulaufgaben, spielten Fuß- und Volleyball und Skat und flirteten. Dort fand das gesellschaftliche Leben der Klasse statt, und es bedeutete mir viel, dabeizusein und dazuzugehören. Daß ich, je nach Hannas Arbeit, später als die anderen kam oder früher ging, war meinem Ansehen nicht abträglich, sondern machte mich interessant. Ich wußte das. Ich wußte auch, daß ich nichts verpaßte, und hatte doch oft das Gefühl, es passiere, gerade wenn ich nicht dabei war, Wunder weiß was. Ob ich lieber im Schwimmbad wäre als bei Hanna, habe ich mich lange nicht zu fragen gewagt. Aber an meinem Geburtstag im Juli wurde ich im Schwimmbad gefeiert und nur bedauernd gehengelassen und von einer erschöpften Hanna schlecht gelaunt empfangen. Sie wußte nicht, daß mein Geburtstag war. Als ich nach ihrem gefragt und sie mir den 21. Oktober genannt hatte, hatte sie mich nach meinem nicht gefragt. Sie war auch nicht schlechter gelaunt als sonst, wenn sie erschöpft war. Aber mich ärgerte ihre schlechte Laune, und ich wünschte mich weg, ins Schwimmbad, zu den Klassenkameradinnen und -kameraden, zur Leichtigkeit unseres

Redens, Scherzens, Spielens und Flirtens. Als auch ich schlecht gelaunt reagierte, wir in Streit gerieten und Hanna mich wie Luft behandelte, kam wieder die Angst, sie zu verlieren, und ich erniedrigte und entschuldigte mich, bis sie mich zu sich nahm. Aber ich war voll Groll.

Dann habe ich begonnen, sie zu verraten.

Nicht daß ich Geheimnisse preisgegeben oder Hanna bloßgestellt hätte. Ich habe nichts offenbart, was ich hätte verschweigen müssen. Ich habe verschwiegen, was ich hätte offenbaren müssen. Ich habe mich nicht zu ihr bekannt. Ich weiß, das Verleugnen ist eine unscheinbare Variante des Verrats. Von außen ist nicht zu sehen, ob einer verleugnet oder nur Diskretion übt, Rücksicht nimmt, Peinlichkeiten und Ärgerlichkeiten meidet. Aber der, der sich nicht bekennt, weiß es genau. Und der Beziehung entzieht das Verleugnen ebenso den Boden wie die spektakulären Varianten des Verrats.

Ich weiß nicht mehr, wann ich Hanna erstmals verleugnet habe. Aus der Kameradschaft der sommerlichen Nachmittage im Schwimmbad entwickelten sich Freundschaften. Außer meinem Banknachbarn, den ich aus der alten Klasse kannte, mochte ich in der neuen Klasse besonders Holger Schlüter, der sich wie ich für Geschichte und Literatur interessierte und mit dem der Umgang rasch vertraut wurde. Vertraut wurde er bald auch mit Sophie, die wenige Straßen weiter wohnte und mit der ich daher den Weg zum Schwimmbad gemeinsam hatte. Zunächst sagte ich mir, die Vertrautheit mit den Freunden sei noch nicht groß genug, um von Hanna zu erzählen. Dann fand ich nicht die richtige Gelegenheit, die richtige Stunde, das richtige Wort. Schließlich war es zu spät, von Hanna zu erzählen, sie mit den anderen jugendlichen Geheimnissen zu präsentieren. Ich sagte mir, so spät von ihr zu erzählen, müsse den falschen Eindruck erwecken, ich hätte Hanna so lange verschwiegen, weil unsere Beziehung nicht recht sei und ich ein schlechtes Gewissen hätte. Aber was ich mir auch vormachte – ich wußte, daß ich Hanna verriet, wenn ich tat, als ließe ich die Freunde wissen, was in meinem Leben wichtig war, und über Hanna schwieg.

Daß sie merkten, daß ich nicht ganz offen war, machte es nicht besser. An einem Abend gerieten Sophie und ich bei der Heimfahrt in ein Gewitter und stellten uns im Neuenheimer Feld, in dem damals noch nicht Gebäude der Universität, sondern Felder und Gärten lagen, unter das Vordach eines Gartenhauses. Es blitzte und donnerte, stürmte und regnete in dichten, schweren Tropfen. Zugleich fiel die Temperatur um wohl fünf Grad. Wir froren, und ich legte den Arm um sie.

»Du?« Sie sah mich nicht an, sondern hinaus in den Regen.

»Ja?«

»Du warst doch lange krank, Gelbsucht. Ist es das, was dir zu schaffen macht? Hast du Angst, daß du nicht mehr richtig gesund wirst? Haben die Ärzte was gesagt? Und mußt du jeden Tag in die Klinik, Blut austauschen oder Infusionen kriegen?«

Hanna als Krankheit. Ich schämte mich. Aber von Hanna reden konnte ich erst recht nicht. »Nein, Sophie. Ich bin nicht mehr krank. Meine Leberwerte sind normal, und in einem Jahr dürfte ich sogar Alkohol trinken, wenn ich wollte, aber ich will nicht. Was mir …« Ich mochte, wo es um Hanna ging, nicht sagen: was mir zu schaffen macht. »Warum ich später komme oder früher gehe, ist was anderes.«

»Möchtest du nicht darüber reden, oder möchtest du eigentlich schon und weißt nicht, wie?«

Mochte ich nicht, oder wußte ich nicht, wie? Ich konnte es selbst nicht sagen. Aber wie wir da standen, unter den Blitzen, dem hell und nah knatternden Donner und dem prasselnden Regen gemeinsam frierend, einander ein bißchen wärmend, hatte ich das Gefühl, daß ich ihr, gerade ihr von Hanna erzählen müßte. »Vielleicht kann ich ein andermal darüber reden.«

Aber es kam nie dazu.

## 16

Ich habe nie erfahren, was Hanna machte, wenn sie weder arbeitete noch wir zusammen waren. Fragte ich danach, wies sie meine Frage zurück. Wir hatten keine gemeinsame Lebenswelt, sondern sie gab mir in ihrem Leben den Platz, den sie mir geben wollte. Damit hatte ich mich zu begnügen. Wenn ich mehr haben und nur schon mehr wissen wollte, war's vermessen. Waren wir besonders glücklich zusammen und fragte ich aus dem Gefühl, jetzt sei alles möglich und erlaubt, dann konnte es vorkommen, daß sie meiner Frage auswich, statt sie zurückzuweisen. »Was du alles wissen willst, Jungchen!« Oder sie nahm meine Hand und legte sie auf ihren Bauch. »Möchtest du, daß er Löcher kriegt?« Oder sie zählte an ihren Fingern. »Ich muß waschen, ich muß bügeln, ich muß fegen, ich muß wischen, ich muß kaufen, ich muß kochen, ich muß die Pflaumen schütteln, auflesen, nach Hause tragen und schnell einkochen, sonst ißt der Kleine«, sie nahm den kleinen Finger ihrer Linken zwischen den rechten Daumen und Zeigefinger, »sonst ißt er sie ganz allein auf.«

Ich habe sie auch nie zufällig getroffen, auf der Straße oder in einem Geschäft oder im Kino, wohin sie, wie sie sagte, gerne und oft ging und wohin ich in den ersten Monaten immer wieder mit ihr zusammen gehen wollte, aber sie wollte nicht. Manchmal redeten wir über Filme, die wir beide gesehen hatten. Sie ging eigentümlich wahllos ins Kino und sah alles, vom deutschen Kriegs- und Heimatfilm über den Wildwestfilm bis zur Nouvelle vague, und ich mochte, was aus Hollywood kam, egal ob's im alten Rom oder im Wilden Westen spielte. Einen Wildwestfilm liebten wir beide besonders; Richard Widmark spielt einen Sheriff, der am nächsten Morgen ein Duell bestehen muß und nur verlieren kann und am Abend an die Tür von Dorothy Malone klopft, die ihm vergebens zu fliehen geraten hat. Sie macht auf. »Was willst du jetzt? Dein ganzes Leben in einer Nacht?« Hanna neckte mich manchmal, wenn ich zu ihr kam und voller Verlangen war. »Was willst du jetzt? Dein ganzes Leben in einer Stunde?«

Ich sah Hanna nur einmal unverabredet. Es war Ende Juli oder Anfang August, die letzten Tage vor den großen Ferien.

Hanna war tagelang in sonderbarer Stimmung gewesen, launisch und herrisch und zugleich spürbar unter einem Druck, der sie aufs äußerste quälte und empfindlich, verletzlich machte. Sie nahm, sie hielt sich zusammen, als müsse sie verhindern, unter dem Druck zu zerspringen. Auf meine Frage, was sie quäle, reagierte sie unwirsch. Ich kam damit nicht gut zurecht. Immerhin spürte ich nicht nur meine Zurückweisung, sondern auch ihre Hilflosigkeit und versuchte, für sie dazusein und sie zugleich in Ruhe zu lassen. Eines Tages war der Druck weg. Zuerst dachte ich,

Hanna sei wieder wie immer. Wir hatten nach dem Ende von »Krieg und Frieden« nicht sogleich ein neues Buch begonnen, ich hatte versprochen, mich darum zu kümmern, und hatte mehrere Bücher zur Auswahl dabei.

Aber sie wollte nicht. »Laß mich dich baden, Jungchen.«

Es war nicht die sommerliche Schwüle, die sich beim Betreten der Küche wie ein schweres Gewebe auf mich gelegt hatte. Hanna hatte den Badeofen angemacht. Sie ließ das Wasser einlaufen, gab ein paar Tropfen Lavendel dazu und wusch mich. Die blaßblaue, geblümte Kittelschürze, unter der sie keine Wäsche trug, klebte in der heißen, feuchten Luft an ihrem schwitzenden Körper. Sie erregte mich sehr. Als wir uns liebten, hatte ich das Gefühl, sie wolle mich zu Empfindungen jenseits alles bisher Empfundenen treiben, dahin, wo ich's nicht mehr aushalten konnte. Auch ihre Hingabe war einzig. Nicht rückhaltlos; ihren Rückhalt hat sie nie preisgegeben. Aber es war, als wolle sie mit mir zusammen ertrinken.

»Jetzt ab zu deinen Freunden.« Sie verabschiedete mich, und ich fuhr. Die Hitze stand zwischen den Häusern, lag über den Feldern und Gärten und flimmerte über dem Asphalt. Ich war benommen. Im Schwimmbad drang das Geschrei der spielenden und planschenden Kinder an mein Ohr, als komme es aus ferner Ferne. Überhaupt ging ich durch die Welt, als gehöre sie nicht zu mir und ich nicht zu ihr. Ich tauchte in das chlorige, milchige Wasser und hatte kein Bedürfnis, wieder aufzutauchen. Ich lag bei den anderen, hörte ihnen zu und fand, was sie redeten, lächerlich und nichtig.

Irgendwann war die Stimmung verflogen. Irgendwann wurde es ein normaler Nachmittag im Schwimmbad mit Hausaufgaben und Volleyball und Tratsch und Flirt. Ich habe keine Erinnerung daran, womit ich gerade beschäftigt war, als ich aufblickte und sie sah.

Sie stand zwanzig bis dreißig Meter entfernt, in Shorts und offener, in der Taille geknoteter Bluse, und schaute zu mir herüber. Ich schaute zurück. Ich konnte über die Entfernung den Ausdruck ihres Gesichts nicht lesen. Ich bin nicht aufgesprungen und zu ihr gelaufen. Mir ging durch den Kopf, warum sie im Schwimmbad ist, ob sie von mir und mit mir gesehen werden will, ob ich mit ihr gesehen werden will, daß wir uns noch nie zufällig getroffen haben, was ich tun soll. Dann stand ich auf. In dem kurzen Moment, in dem ich dabei meinen Blick von ihr ließ, ist sie gegangen.

Hanna in Shorts und geknoteter Bluse, mir ihr Gesicht zugewandt, das ich nicht lesen kann – auch das ist ein Bild, das ich von ihr habe.

Am nächsten Tag war sie weg. Ich kam zur üblichen Stunde und klingelte. Ich sah durch die Tür, alles sah aus wie sonst, und ich hörte die Uhr ticken.

Wieder setzte ich mich auf die Treppenstufen. In den ersten Monaten hatte ich immer gewußt, auf welchen Strecken sie eingesetzt war, auch wenn ich sie nie mehr zu begleiten oder auch nur abzuholen versucht hatte. Irgendwann hatte ich nicht mehr danach gefragt, mich nicht mehr dafür interessiert. Es fiel mir erst jetzt auf.

Von der Telephonzelle am Wilhelmsplatz rief ich die Straßen- und Bergbahngesellschaft an, wurde ein paarmal weiterverbunden und erfuhr, daß Hanna Schmitz nicht zur Arbeit gekommen war. Ich ging zurück in die Bahnhofstraße, fragte in der Schreinerei im Hof nach dem Eigentümer des Hauses und bekam einen Namen und eine Adresse in Kirchheim. Ich fuhr dorthin.

»Frau Schmitz? Die ist heute morgen ausgezogen.«

»Und ihre Möbel?«

»Das sind nicht ihre Möbel.«

»Seit wann hat sie in der Wohnung gewohnt?«

»Was geht das Sie an?« Die Frau, die sich mit mir durch

ein Fenster in der Tür unterhalten hatte, machte das Fenster zu.

Im Verwaltungsgebäude der Straßen- und Bergbahngesellschaft fragte ich mich zur Personalabteilung durch. Der Zuständige war freundlich und besorgt.

»Sie hat heute morgen angerufen, rechtzeitig, daß wir die Vertretung organisieren konnten, und gesagt, daß sie nicht mehr kommt. Gar nicht mehr.« Er schüttelte den Kopf. »Vor vierzehn Tagen saß sie hier, auf Ihrem Stuhl, und ich habe ihr angeboten, daß wir sie zur Fahrerin ausbilden, und sie schmeißt alles hin.«

Erst Tage später habe ich daran gedacht, zum Einwohnermeldeamt zu gehen. Sie hatte sich nach Hamburg abgemeldet, ohne Angabe einer Anschrift.

Tagelang war mir schlecht. Ich achtete darauf, daß Eltern und Geschwister nichts merkten. Bei Tisch redete ich ein bißchen mit, aß ein bißchen mit und schaffte es, wenn ich mich übergeben mußte, bis zum Klo. Ich ging in die Schule und ins Schwimmbad. Dort verbrachte ich die Nachmittage an einer abgelegenen Stelle, wo mich niemand suchte. Mein Körper sehnte sich nach Hanna. Aber schlimmer als die körperliche Sehnsucht war das Gefühl der Schuld. Warum war ich, als sie da stand, nicht sofort aufgesprungen und zu ihr gelaufen! In der einen kleinen Situation bündelte sich für mich die Halbherzigkeit der letzten Monate, aus der heraus ich sie verleugnet, verraten hatte. Zur Strafe dafür war sie gegangen.

Manchmal versuchte ich, mir einzureden, daß nicht sie es war, die ich gesehen hatte. Wie konnte ich sicher sein, daß sie es war, wo ich doch das Gesicht nicht richtig erkannt hatte? Hätte ich, wenn sie es gewesen war, ihr Gesicht nicht erkennen müssen? Konnte ich also nicht sicher sein, daß sie es nicht gewesen sein konnte?

Aber ich wußte, daß sie es war. Sie stand und sah – und es war zu spät.

ZWEITER TEIL

I

Nachdem Hanna die Stadt verlassen hatte, dauerte es eine Weile, bis ich aufhörte, überall nach ihr Ausschau zu halten, bis ich mich daran gewöhnte, daß die Nachmittage ihre Gestalt verloren hatten, und bis ich Bücher ansah und aufschlug, ohne mich zu fragen, ob sie zum Vorlesen geeignet wären. Es dauerte eine Weile, bis mein Körper sich nicht mehr nach ihr sehnte; manchmal merkte ich selbst, wie meine Arme und Beine im Schlaf nach ihr tasteten, und mehrmals gab mein Bruder bei Tisch zum besten, ich hätte im Schlaf »Hanna« gerufen. Ich erinnere mich auch an Schulstunden, in denen ich nur von ihr träumte, nur an sie dachte. Das Gefühl einer Schuld, das mich in den ersten Wochen gequält hatte, verlor sich. Ich mied ihr Haus, nahm andere Wege, und nach einem halben Jahr zog meine Familie in einen anderen Stadtteil. Nicht daß ich Hanna vergessen hätte. Aber irgendwann hörte die Erinnerung an sie auf, mich zu begleiten. Sie blieb zurück, wie eine Stadt zurückbleibt, wenn der Zug weiterfährt. Sie ist da, irgendwo hinter einem, und man könnte hinfahren und sich ihrer versichern. Aber warum sollte man.

Ich habe die letzten Jahre auf der Schule und die ersten auf der Universität als glückliche Jahre in Erinnerung. Zugleich kann ich nur wenig über sie sagen. Sie waren mühelos; das Abitur und das aus Verlegenheit gewählte Studium der Rechtswissenschaft fielen mir nicht schwer, Freundschaften, Liebschaften und Trennungen fielen mir nicht schwer, nichts fiel mir schwer. Alles fiel mir leicht, alles wog leicht. Vielleicht ist das Erinnerungspäckchen deshalb so klein. Oder halte ich es klein? Ich frage mich auch, ob die glückliche Erinnerung überhaupt stimmt. Wenn ich länger zurückdenke, kommen mir genug beschämende und schmerzliche Situationen in den Sinn und weiß ich, daß ich die Erinnerung an Hanna zwar verabschiedet, aber nicht bewältigt hatte. Mich nach Hanna nie mehr demütigen lassen und demütigen, nie mehr schuldig machen und schuldig fühlen, niemanden mehr so lieben, daß ihn verlieren weh tut – ich habe das damals nicht in Deutlichkeit gedacht, aber mit Entschiedenheit gefühlt.

Ich gewöhnte mir ein großspuriges, überlegenes Gehabe an, ich präsentierte mich als einen, den nichts berührt, erschüttert, verwirrt. Ich ließ mich auf nichts ein, und ich erinnere mich an einen Lehrer, der das durchschaute, mich darauf ansprach und den ich arrogant abfertigte. Ich erinnere mich auch an Sophie. Bald nachdem Hanna die Stadt verlassen hatte, wurde bei Sophie Tuberkulose diagnostiziert. Sie verbrachte drei Jahre im Sanatorium und kam zurück, als ich gerade Student geworden war. Sie fühlte sich einsam, suchte den Kontakt zu alten Freunden, und ich hatte es nicht schwer, mich in ihr Herz zu drängen. Nachdem wir zusammen geschlafen hatten, merkte sie, daß es mir nicht wirklich um sie zu tun war, und sagte unter Tränen: »Was ist mit dir passiert, was ist mit dir passiert.« Ich erinnere mich an meinen Großvater, der mich bei einem meiner letzten Besuche vor seinem Tod segnen wollte und dem ich erklärte, ich glaube nicht daran und lege darauf keinen Wert. Daß ich mich nach solchem Verhalten damals gut gefühlt haben soll, ist mir schwer vorstellbar. Ich erinnere mich auch daran, daß ich angesichts kleiner Gesten liebevoller Zuwendung einen Kloß im Hals spürte, ob die Gesten mir galten oder jemand anderem. Manchmal genügte eine Szene in einem Film. Dieses Nebeneinander von Kaltschnäuzigkeit und Empfindsamkeit war mir selbst suspekt.

2

Ich sah Hanna im Gerichtssaal wieder.

Es war nicht der erste KZ-Prozeß und keiner der großen. Der Professor, einer der wenigen, die damals über die Nazi-Vergangenheit und die einschlägigen Gerichtsverfahren arbeiteten, hatte ihn zum Gegenstand eines Seminars gemacht, weil er hoffte, ihn mit Hilfe von Studenten über die ganze Dauer verfolgen und auswerten zu können. Ich weiß nicht mehr, was er überprüfen, bestätigen oder widerlegen wollte. Ich erinnere mich, daß im Seminar über das Verbot rückwirkender Bestrafung diskutiert wurde. Genügt es, daß der Paragraph, nach dem die KZ-Wächter und -Schergen verurteilt werden, schon zur Zeit ihrer Taten im Strafgesetzbuch stand, oder kommt es darauf an, wie er zur Zeit ihrer Taten verstanden und angewandt und daß er damals eben nicht auf sie bezogen wurde? Was ist das Recht? Was im Buch steht oder was in der Gesellschaft tatsächlich durchgesetzt und befolgt wird? Oder ist Recht, was, ob es im Buch steht oder nicht, durchgesetzt und befolgt werden müßte, wenn alles mit rechten Dingen zuginge? Der Professor, ein alter Herr, aus der Emigration zurückgekehrt, aber in der deutschen

Rechtswissenschaft ein Außenseiter geblieben, nahm an diesen Diskussionen mit all seiner Gelehrsamkeit und zugleich mit der Distanz dessen teil, der für die Lösung eines Problems nicht mehr auf Gelehrsamkeit setzt. »Sehen Sie sich die Angeklagten an – Sie werden keinen finden, der wirklich meint, er habe damals morden dürfen.«

Das Seminar begann im Winter, die Gerichtsverhandlung im Frühjahr. Sie zog sich über viele Wochen hin. Verhandelt wurde montags bis donnerstags, und für jeden dieser vier Tage hatte der Professor eine Gruppe von Studenten eingeteilt, die ein wörtliches Protokoll führten. Am Freitag war Seminarsitzung und wurden die Ereignisse der vergangenen Woche aufgearbeitet.

Aufarbeitung! Aufarbeitung der Vergangenheit! Wir Studenten des Seminars sahen uns als Avantgarde der Aufarbeitung. Wir rissen die Fenster auf, ließen die Luft herein, den Wind, der endlich den Staub aufwirbelte, den die Gesellschaft über die Furchtbarkeiten der Vergangenheit hatte sinken lassen. Wir sorgten dafür, daß man atmen und sehen konnte. Auch wir setzten nicht auf juristische Gelehrsamkeit. Daß verurteilt werden müsse, stand für uns fest. Ebenso fest stand für uns, daß es nur vordergründig um die Verurteilung dieses oder jenes KZ-Wächters und -Schergen ging. Die Generation, die sich der Wächter und Schergen bedient oder sie nicht gehindert oder sie nicht wenigstens ausgestoßen hatte, als sie sie nach 1945 hätte ausstoßen können, stand vor Gericht, und wir verurteilten sie in einem Verfahren der Aufarbeitung und Aufklärung zu Scham.

Unsere Eltern hatten im Dritten Reich ganz verschiedene Rollen gespielt. Manche Väter waren im Krieg gewesen, darunter zwei oder drei Offiziere der Wehrmacht und ein Offizier der Waffen-SS, einige hatten Karrieren in Justiz und Verwaltung gemacht, wir hatten Lehrer und Ärzte unter unseren Eltern, und einer hatte einen Onkel, der hoher Beamter beim Reichsminister des Inneren gewesen war. Ich bin sicher, daß sie, soweit wir sie gefragt und sie uns geantwortet haben, ganz Verschiedenes mitzuteilen hatten. Mein Vater wollte nicht über sich reden. Aber ich wußte, daß er seine Stelle als Dozent der Philosophie wegen der Ankündigung einer Vorlesung über Spinoza verloren und sich und uns als Lektor eines Verlags für Wanderkarten und -bücher durch den Krieg gebracht hatte. Wie kam ich dazu, ihn zu Scham zu verurteilen? Aber ich tat es. Wir alle verurteilten unsere Eltern zu Scham, und wenn wir sie nur anklagen konnten, die Täter nach 1945 bei sich, unter sich geduldet zu haben.

Wir Studenten des Seminars entwickelten eine starke Gruppenidentität. Wir vom KZ-Seminar – zunächst nannten die anderen Studenten es so und bald auch wir selbst. Was wir machten, interessierte die anderen nicht; es befremdete viele, stieß manche geradezu ab. Ich denke jetzt, daß der Eifer, mit dem wir Furchtbarkeiten zur Kenntnis nahmen und anderen zur Kenntnis bringen wollten, tatsächlich abstoßend war. Je furchtbarer die Ereignisse waren, über die wir lasen und hörten, desto gewisser wurden wir unseres aufklärerischen und anklägerischen Auftrags. Auch wenn die Ereignisse uns den Atem stocken ließen – wir hielten sie triumphierend hoch. Seht her!

Ich hatte mich aus schlichter Neugier zum Seminar gemeldet. Es war einmal etwas anderes, nicht Kaufrecht und nicht Täterschaft und Teilnahme, nicht Sachsenspiegel und keine rechtsphilosophischen Altertümer. Das großspurige, überlegene Gehabe, das ich mir angewöhnt hatte, habe ich auch in das Seminar mitgebracht. Aber im Laufe des Winters konnte ich mich immer weniger entziehen – nicht den Ereignissen, über die wir lasen und hörten, und nicht dem Eifer, der die Studenten des Seminars ergriff. Zunächst machte ich mir vor, ich wolle nur den wissenschaftlichen oder auch den politischen und den moralischen Eifer teilen. Aber ich wollte mehr, ich wollte das gemeinsame Eifern teilen. Die anderen mögen mich immer noch als distanziert und arrogant empfunden haben. Ich selbst hatte während der Wintermonate das gute Gefühl, dazuzugehören und mit mir und dem, was ich tat, und denen, mit denen ich's tat, im reinen zu sein.

## 3

Die Gerichtsverhandlung war in einer anderen Stadt, mit dem Auto eine knappe Stunde entfernt. Ich hatte dort sonst nie zu tun. Ein anderer Student fuhr. Er war dort aufgewachsen und kannte sich aus.

Es war Donnerstag. Die Gerichtsverhandlung hatte am Montag begonnen. Die ersten drei Verhandlungstage waren mit Befangenheitsanträgen der Verteidiger vergangen. Wir waren die vierte Gruppe, die mit der Vernehmung der Angeklagten zur Person den eigentlichen Beginn der Verhandlung erleben würde.

Unter blühenden Obstbäumen fuhren wir die Bergstraße entlang. Wir waren in gehobener, beschwingter Stimmung; endlich konnten wir bewähren, worauf wir uns vorbereitet hatten. Wir fühlten uns nicht als bloße Zuschauer, Zuhörer und Protokollanten. Zuschauen, Zuhören und Protokollieren waren unsere Beiträge zur Aufarbeitung.

Das Gericht war ein Bau der Jahrhundertwende, aber ohne den Pomp und die Düsternis, die damalige Gerichtsbauten oft zeigen. Der Saal, in dem das Schwurgericht tagte, hatte links eine Reihe großer Fenster, deren Milchglas den Blick nach draußen verwehrte, aber viel Licht hereinließ. Vor den Fenstern saßen die Staatsanwälte, an hellen Frühling- und Sommertagen nur in den Umrissen erkennbar. Das Gericht, drei Richter in schwarzen Roben und sechs Schöffen, saß an der Stirn des Saals, und rechts war die Bank der Angeklagten und Verteidiger, wegen der großen Zahl mit Tischen und Stühlen bis in die Mitte des Saals vor die Reihen des Publikums verlängert. Einige Angeklagte und Verteidiger saßen mit dem Rücken zu uns. Hanna saß mit dem Rücken zu uns. Ich erkannte sie erst, als sie aufgerufen wurde, aufstand und nach vorne trat. Natürlich erkannte ich sofort den Namen: Hanna Schmitz. Dann erkannte ich auch die Gestalt, den Kopf fremd mit zum Knoten geschlungenen Haaren, den Nacken, den breiten Rücken und die kräftigen Arme. Sie hielt sich gerade. Sie stand fest auf beiden Beinen. Sie ließ ihre Arme locker hängen. Sie trug ein graues Kleid mit kurzen Ärmeln. Ich erkannte sie, aber ich fühlte nichts. Ich fühlte nichts.

Ja, sie wolle stehen. Ja, sie sei am 21. Oktober 1922 bei Hermannstadt geboren worden und jetzt dreiundvierzig Jahre alt. Ja, sie habe in Berlin bei Siemens gearbeitet und sei im Herbst 1943 zur SS gegangen.

»Sie sind freiwillig zur SS gegangen?«

»Ja.«

»Warum?«

Hanna antwortete nicht.

»Stimmt es, daß Sie zur SS gegangen sind, obwohl Ihnen bei Siemens eine Stelle als Vorarbeiterin angeboten worden war?«

Hannas Verteidiger sprang auf. »Was heißt hier ›obwohl‹? Was soll die Unterstellung, eine Frau hätte lieber bei Siemens Vorarbeiterin zu werden als zur SS zu gehen? Nichts rechtfertigt es, die Entscheidung meiner Mandantin zum Gegenstand einer solchen Frage zu machen.«

Er setzte sich. Er war der einzige junge Verteidiger, die anderen waren alt, einige, wie sich bald zeigte, alte Nazis. Hannas Verteidiger vermied deren Jargon und Thesen. Aber er war von einem hastigen Eifer, der seiner Mandantin ebenso schadete wie die nationalsozialistischen Tiraden seiner Kollegen deren Mandantinnen. Er erreichte zwar, daß der Vorsitzende irritiert schaute und die Frage, warum Hanna zur SS gegangen war, nicht weiterverfolgte. Aber es blieb der Eindruck, daß sie es mit Bedacht und ohne Not getan hatte. Daß ein Beisitzender Hanna fragte, was für eine Arbeit sie bei der SS erwartet habe, und daß Hanna erklärte, die SS habe bei Siemens, aber auch in anderen Betrieben Frauen für den Einsatz im Wachdienst geworben, dafür habe sie sich gemeldet und dafür sei sie eingestellt worden, änderte am negativen Eindruck nichts mehr.

Der Vorsitzende ließ sich von Hanna einsilbig bestätigen, daß sie bis Frühjahr 1944 in Auschwitz und bis Winter 1944/1945 in einem kleinen Lager bei Krakau eingesetzt war, daß sie mit den Gefangenen nach Westen aufgebrochen und dort auch angekommen war, daß sie bei Kriegsende in Kassel gewesen war und seitdem hier und dort gelebt hatte. Acht Jahre hatte sie in meiner Heimatstadt gewohnt; es war die längste Zeit, die sie an ein und demselben Ort verbracht hatte.

»Soll der häufige Wechsel des Wohnorts die Fluchtgefahr begründen?« Der Anwalt zeigte offen seine Ironie. »Meine Mandantin hat sich bei jedem Wohnortwechsel polizeilich ab- und angemeldet. Nichts spricht dafür, daß sie fliehen, nichts gibt es, was sie verdunkeln könnte. Erschien es dem Haftrichter angesichts der Schwere der vorgeworfenen Tat und angesichts der Gefahr öffentlicher Erregung nicht erträglich, meine Mandantin in Freiheit zu lassen? Das, hohes Gericht, ist ein Nazi-Haftgrund; er ist von den Nazis eingeführt und nach den Nazis wieder beseitigt worden. Es gibt ihn nicht mehr.« Der Anwalt redete mit dem maliziösen Behagen, mit dem jemand eine pikante Wahrheit präsentiert.

Ich erschrak. Ich merkte, daß ich Hannas Haft als natürlich und richtig empfunden hatte. Nicht wegen der Anklage, der Schwere des Vorwurfs und der Stärke des Verdachts, wovon ich noch gar nichts Genaues wußte, sondern weil sie in der Zelle raus aus meiner Welt, raus aus meinem Leben war. Ich wollte sie weit weg von mir haben, so unerreichbar, daß sie die bloße Erinnerung bleiben konnte, die sie in den vergangenen Jahren für mich geworden und gewesen war. Wenn der Anwalt Erfolg hätte, würde ich gewärtigen müssen, ihr zu begegnen, und ich würde mir klarwerden müssen, wie ich ihr begegnen wollte und sollte. Und ich sah nicht, wie er keinen Erfolg haben könnte. Wenn Hanna bisher nicht zu fliehen versucht hatte, warum sollte sie es jetzt versuchen? Und was konnte sie verdunkeln? Andere Haftgründe gab es damals nicht.

Der Vorsitzende wirkte wieder irritiert, und ich begann

zu begreifen, daß das seine Masche war. Wann immer er eine Äußerung für obstruktiv und ärgerlich hielt, setzte er die Brille ab, betastete den Äußernden mit kurzsichtigem, unsicherem Blick, runzelte die Stirn und überging entweder die Äußerung, oder er begann mit »Sie meinen also« oder »Sie wollen also sagen« und wiederholte die Äußerung in einer Weise, die keinen Zweifel daran ließ, daß er nicht gewillt war, sich mit ihr zu beschäftigen, und daß es keinen Zweck hatte, ihn dazu zu drängen.

»Sie meinen also, der Haftrichter hat dem Umstand, daß die Angeklagte auf kein Schreiben und keine Ladung reagiert hat, nicht vor der Polizei, nicht vor dem Staatsanwalt und nicht vor dem Richter erschienen ist, eine falsche Bedeutung zugemessen? Sie wollen einen Antrag auf Aufhebung des Haftbefehls stellen?«

Der Anwalt stellte den Antrag, und das Gericht lehnte den Antrag ab.

4

Ich habe keinen Tag der Gerichtsverhandlung ausgelassen. Die anderen Studenten wunderten sich. Der Professor begrüßte, daß einer von uns dafür sorgte, daß die nächste Gruppe erfuhr, was die letzte gehört und gesehen hatte.

Nur einmal sah Hanna ins Publikum und zu mir hin. Sonst wandte sie den Blick an allen Verhandlungstagen zur Gerichtsbank, wenn sie von einer Wachtmeisterin hereingeführt wurde und wenn sie ihren Platz eingenommen hatte. Das wirkte hochmütig, und hochmütig wirkte auch, daß sie nicht mit den anderen Angeklagten und kaum mit ihrem Anwalt sprach. Die anderen Angeklagten redeten miteinander allerdings desto weniger, je länger die Gerichtsverhandlung dauerte. Sie standen in den Verhandlungspausen mit Verwandten und Freunden zusammen, winkten und riefen ihnen zu, wenn sie sie morgens im Publikum sahen. Hanna blieb in den Verhandlungspausen an ihrem Platz sitzen.

So sah ich sie von hinten. Ich sah ihren Kopf, ihren Nacken, ihre Schultern. Ich las ihren Kopf, ihren Nacken, ihre Schultern. Wenn es um sie ging, hielt sie den Kopf besonders hoch. Wenn sie sich ungerecht behandelt, verleumdet, angegriffen fühlte und um eine Erwiderung rang, rollte sie die Schultern nach vorne, und der Nacken schwoll, ließ die Muskelstränge stärker heraus- und hervortreten. Die Erwiderungen mißlangen regelmäßig, und regelmäßig sanken die Schultern herab. Sie zuckte nie mit den Schultern, schüttelte auch nie den Kopf. Sie war zu angespannt, als daß sie sich die Leichtigkeit eines Schulterzuckens oder Kopfschüttelns erlaubt hätte. Sie erlaubte sich auch nicht, den Kopf schief zu halten, sinken zu lassen oder aufzustützen. Sie saß wie gefroren. So sitzen mußte weh tun.

Manchmal stahlen sich Haarsträhnen aus dem straffen Knoten, kräuselten sich, hingen auf den Nacken herab und strichen im Luftzug über ihn hin. Manchmal trug Hanna ein Kleid, dessen Ausschnitt weit genug war, um das Muttermal an der linken oberen Schulter zu zeigen. Dann erinnerte ich mich, wie ich die Haare von diesem Nacken gepustet und wie ich dieses Muttermal und diesen Nacken geküßt hatte. Aber das Erinnern war ein Registrieren. Ich fühlte nichts.

Während der wochenlangen Gerichtsverhandlung fühlte ich nichts, war mein Gefühl wie betäubt. Ich provozierte es gelegentlich, stellte mir Hanna bei dem, was ihr vorgeworfen wurde, so deutlich vor, wie ich nur konnte, und auch bei dem, was mir das Haar auf ihrem Nacken und das Muttermal auf ihrer Schulter in Erinnerung riefen. Es war, wie wenn die Hand den Arm kneift, der von der Spritze taub ist. Der Arm weiß nicht, daß er von der Hand gekniffen wird, die Hand weiß, daß sie den Arm kneift, und das Gehirn hält beides im ersten Moment nicht auseinander. Aber im zweiten unterscheidet es wieder genau. Vielleicht hat die Hand so fest gekniffen, daß diese Stelle eine Weile lang blaß ist. Dann kehrt das Blut zurück, und die Stelle kriegt wieder Farbe. Aber das Gefühl kehrt darum noch nicht zurück.

Wer hatte mir die Spritze gegeben? Ich mir selbst, weil ich es ohne Betäubung nicht ausgehalten hätte? Die Betäubung wirkte nicht nur im Gerichtssaal und nicht nur so, daß ich Hanna erleben konnte, als sei es ein anderer, der sie geliebt und begehrt hatte, jemand, den ich gut kannte, der aber nicht ich war. Ich stand auch bei allem anderen neben mir und sah mir zu, sah mich in der Universität, mit Eltern und Geschwistern, mit den Freunden funktionieren, war aber innerlich nicht beteiligt.

Nach einer Weile meinte ich, ein ähnliches Betäubtsein auch bei anderen beobachten zu können. Nicht bei den Anwälten, die während der ganzen Verhandlung von derselben polternden, rechthaberischen Streitsucht, pedantischen Schärfe oder auch lärmenden, kaltschnäuzigen Unverschämtheit waren, je nach persönlichem und politischem Temperament. Zwar erschöpfte die Verhandlung sie; am Abend waren sie müder oder auch schriller. Aber über Nacht hatten sie sich wieder aufgeladen oder aufgeblasen und dröhnten und zischten am nächsten Morgen wie am Morgen zuvor. Die Staatsanwälte versuchten mitzuhalten und ebenfalls Tag um Tag denselben kämpferischen Einsatz zu zeigen. Aber es gelang ihnen nicht, zunächst nicht, weil die Gegenstände und die Ergebnisse der Verhandlung sie zu sehr entsetzten, dann, weil die Betäubung zu wirken begann. Am stärksten wirkte sie bei den Richtern und Schöffen. In den ersten Verhandlungswochen nahmen sie die Schrecklichkeiten, die manchmal unter Tränen, manchmal mit versagender Stimme, manchmal gehetzt oder verstört berichtet und bestätigt wurden, mit sichtbarer Erschütterung oder auch mühsamer Fassung zur Kenntnis. Später wurden die Gesichter wieder normal, konnten einander lächelnd eine Bemerkung zuflüstern oder auch einen Hauch von Ungeduld zeigen, wenn ein Zeuge vom Hölzchen aufs Stöckchen kam. Als in der Verhandlung eine Reise nach Israel besprochen wurde, wo eine Zeugin vernommen werden sollte, kam Reisefreude auf. Stets aufs neue entsetzt waren die anderen Studenten. Sie kamen jede Woche nur einmal zur Verhandlung, und jedesmal vollzog er sich erneut: der Einbruch des Schrecklichen in den Alltag. Ich, Tag um Tag bei der Verhandlung dabei, beobachtete ihre Reaktion mit Distanz.

Wie der KZ-Häftling, der Monat um Monat überlebt und sich gewöhnt hat und das Entsetzen der neu Ankommenden gleichmütig registriert. Mit derselben Betäubung registriert, mit der er das Morden und Sterben selbst wahrnimmt. Alle Literatur der Überlebenden berichtet von dieser Betäubung, unter der die Funktionen des Lebens reduziert, das Verhalten teilnahms- und rücksichtslos und Vergasung und Verbrennung alltäglich wurden. Auch in den spärlichen Äußerungen der Täter begegnen die Gaskammern und Verbrennungsöfen als alltägliche Umwelt, die Täter selbst auf wenige Funktionen reduziert, in ihrer Rücksichts- und Teilnahmslosigkeit, ihrer Stumpfheit wie betäubt oder betrunken. Die Angeklagten kamen mir vor, als seien sie noch immer und für immer in dieser Betäubung befangen, in ihr gewissermaßen versteinert.

Schon damals, als mich diese Gemeinsamkeit des Betäubtseins beschäftigte und auch, daß die Betäubung sich nicht nur auf Täter und Opfer gelegt hatte, sondern auch auf uns legte, die wir als Richter oder Schöffen, Staatsanwälte oder Protokollanten später damit zu tun hatten, als ich dabei Täter, Opfer, Tote, Lebende, Überlebende und Nachlebende miteinander verglich, war mir nicht wohl, und wohl ist mir auch jetzt nicht. Darf man derart vergleichen? Wenn ich in einem Gespräch Ansätze eines solchen Vergleichs machte, betonte ich zwar stets, daß der Vergleich den Unterschied, ob man in die Welt des KZ gezwungen wurde oder sich in sie begeben hatte, ob man gelitten oder Leiden zugefügt hatte, nicht relativiere, daß der Unterschied vielmehr von der allergrößten, alles entscheidenden Wichtigkeit sei. Aber ich stieß selbst dann auf Befremden oder Empörung, wenn ich dies nicht erst in Reaktion auf die Einwände der anderen ausführte, sondern noch ehe die anderen etwas einwenden konnten.

Zugleich frage ich mich und habe mich schon damals zu fragen begonnen: Was sollte und soll meine Generation der Nachlebenden eigentlich mit den Informationen über die Furchtbarkeiten der Vernichtung der Juden anfangen? Wir sollen nicht meinen, begreifen zu können, was unbegreiflich ist, dürfen nicht vergleichen, was unvergleichlich ist, dürfen nicht nachfragen, weil der Nachfragende die Furchtbarkeiten, auch wenn er sie nicht in Frage stellt, doch zum Gegenstand der Kommunikation macht und nicht als etwas nimmt, vor dem er nur in Entsetzen, Scham und Schuld verstummen kann. Sollen wir nur in Entsetzen, Scham und Schuld verstummen? Zu welchem Ende? Nicht daß sich der Aufarbeitungs- und Aufklärungseifer, mit dem ich am Seminar teilgenommen hatte, in der Verhandlung einfach verloren hätte. Aber daß einige wenige verurteilt und bestraft und daß wir, die nachfolgende Generation, in Entsetzen, Scham und Schuld verstummen würden – das sollte es sein?

## 5

In der zweiten Woche wurde die Anklage verlesen. Die Verlesung dauerte eineinhalb Tage – eineinhalb Tage Konjunktiv. Die Angeklagte zu eins habe…, sie habe ferner…, weiter habe sie…, dadurch habe sie den Tatbestand des Paragraphen soundsoviel erfüllt, ferner habe sie diesen Tatbestand und jenen Tatbestand…, sie habe auch rechtswidrig und schuldhaft gehandelt. Hanna war die Angeklagte zu vier.

Die fünf angeklagten Frauen waren Aufseherinnen in einem kleinen Lager bei Krakau gewesen, einem Außenlager von Auschwitz. Sie waren im Frühjahr 1944 von Auschwitz dorthin versetzt worden; sie ersetzten Aufseherinnen, die bei einer Explosion in der Fabrik getötet oder verletzt worden waren, in der die Frauen des Lagers arbeiteten. Ein Anklagepunkt galt ihrem Verhalten in Auschwitz, trat aber hinter den anderen Anklagepunkten zurück. Ich weiß ihn nicht mehr. Betraf er gar nicht Hanna, sondern nur die anderen Frauen? War er von geringer Bedeutung, im Vergleich mit den anderen Anklagepunkten oder auch für sich? Erschien es einfach unerträglich, jemanden, der in Auschwitz gewesen und dessen man habhaft war, nicht wegen seines Verhaltens in Auschwitz anzuklagen?

Natürlich hatten die fünf Angeklagten das Lager nicht geführt. Es gab einen Kommandanten, Wachmannschaften und weitere Aufseherinnen. Die meisten Wachmannschaften und Aufseherinnen hatten die Bomben nicht überlebt, die eines Nachts den Zug der Gefangenen nach Westen beendeten. Einige hatten sich in derselben Nacht abgesetzt und waren ebenso unauffindbar wie der Kommandant, der sich schon davongemacht hatte, als der Zug nach Westen aufbrach.

Von den Gefangenen hatte eigentlich keine die Nacht der Bomben überleben sollen. Aber es gab doch zwei Überlebende, Mutter und Tochter, und die Tochter hatte ein Buch über das Lager und den Zug nach Westen geschrieben und in Amerika veröffentlicht. Polizei und Staatsanwaltschaft hatten nicht nur die fünf Angeklagten, sondern auch einige Zeugen aufgespürt, die in dem Dorf gelebt hatten, in dem die Bomben den Zug der Gefangenen nach Westen beendeten. Die wichtigsten Zeugen waren die Tochter, die nach Deutschland gekommen, und die Mutter, die in Israel geblieben war. Zur Vernehmung der Mutter fuhren Gericht, Staatsanwälte und Verteidiger nach Israel – der einzige Abschnitt der Verhandlung, den ich nicht miterlebt habe.

Der eine Hauptanklagepunkt galt den Selektionen im Lager. Jeden Monat wurden aus Auschwitz rund sechzig neue Frauen geschickt und waren ebenso viele nach Auschwitz zurückzuschicken, abzüglich derer, die in der Zwischenzeit gestorben waren. Allen war klar, daß die

Frauen in Auschwitz umgebracht wurden; es wurden die zurückgeschickt, die bei der Arbeit in der Fabrik nicht mehr eingesetzt werden konnten. Es war eine Munitionsfabrik, in der zwar die eigentliche Arbeit nicht schwer war, in der die Frauen aber zur eigentlichen Arbeit kaum kamen, sondern bauen mußten, weil die Explosion im Frühjahr schlimme Schäden hinterlassen hatte.

Der andere Hauptanklagepunkt galt der Bombennacht, mit der alles zu Ende ging. Die Wachmannschaften und Aufseherinnen hatten die Gefangenen, mehrere hundert Frauen, in die Kirche eines Dorfs gesperrt, das von den meisten Einwohnern verlassen worden war. Es fielen nur ein paar Bomben, vielleicht für eine nahe Eisenbahnlinie gedacht oder eine Fabrikanlage oder auch nur abgeworfen, weil sie von einem Angriff auf eine größere Stadt übrig waren. Die eine traf das Pfarrhaus, in dem die Wachmannschaften und Aufseherinnen schliefen. Eine andere schlug in den Kirchturm ein. Zuerst brannte der Turm, dann das Dach, dann stürzte das Gebälk lodernd in den Kirchenraum hinab, und das Gestühl fing Feuer. Die schweren Türen hielten stand. Die Angeklagten hätten sie aufschließen können. Sie taten es nicht, und die in der Kirche eingeschlossenen Frauen verbrannten.

6

Für Hanna hätte die Verhandlung nicht schlechter laufen können. Schon bei ihrer Vernehmung zur Person hatte sie auf das Gericht keinen guten Eindruck gemacht. Nach der Verlesung der Anklage meldete sie sich, weil etwas nicht stimme; der Vorsitzende Richter wies sie irritiert zurecht, vor Eröffnung des Hauptverfahrens habe sie die Anklage lange genug studieren und ihre Einwendungen erheben können, jetzt sei man in der Hauptverhandlung, und was an der Anklage stimme und nicht stimme, werde die Beweisaufnahme zeigen. Als zu Beginn der Beweisaufnahme der Vorsitzende Richter vorschlug, auf die Verlesung der deutschen Fassung des Buchs der Tochter zu verzichten, da sie, von einem deutschen Verlag zur Veröffentlichung vorbereitet, allen Beteiligten im Manuskript zugänglich gemacht worden war, mußte Hanna von ihrem Anwalt unter dem irritierten Blick des Vorsitzenden Richters dazu überredet werden, sich einverstanden zu erklären. Sie wollte nicht. Sie wollte auch nicht akzeptieren, daß sie bei einer früheren richterlichen Vernehmung zugegeben hatte, den Schlüssel zur Kirche gehabt zu haben. Sie habe den Schlüssel nicht gehabt, niemand habe den Schlüssel gehabt, es habe den einen Schlüssel zur Kirche gar nicht gegeben, sondern mehrere Schlüssel zu mehreren Türen, und die hätten von außen in den Schlössern gesteckt. Aber im Protokoll ihrer richterlichen Vernehmung, von ihr gelesen und unterschrieben, stand es anders, und daß sie fragte, warum man ihr etwas anhängen wolle, machte die Sache nicht besser. Sie fragte nicht laut, nicht rechthaberisch, aber beharrlich und dabei, wie ich fand, sicht- und hörbar verwirrt und ratlos, und daß sie davon redete, man wolle ihr etwas anhängen, meinte sie nicht als Vorwurf der Rechtsbeugung. Aber der Vorsitzende Richter verstand es so und reagierte mit Schärfe. Hannas Anwalt sprang auf und legte los, eifrig und hastig, wurde gefragt, ob er sich den Vorwurf seiner Mandantin zu eigen mache, und setzte sich wieder.

Hanna wollte es richtig machen. Wo sie meinte, ihr geschehe Unrecht, widersprach sie, und sie gab zu, was ihres Erachtens zu Recht behauptet und vorgeworfen wurde. Sie widersprach beharrlich und gab bereitwillig zu, als erwerbe sie durch das Zugeben das Recht zum Widerspruch oder übernehme mit dem Widersprechen die Pflicht zuzugeben, was sie redlicherweise nicht bestreiten konnte. Aber sie merkte nicht, daß ihre Beharrlichkeit den Vorsitzenden Richter ärgerte. Sie hatte kein Gefühl für den Kontext, für die Regeln, nach denen gespielt wurde, für die Formeln, nach denen sich ihre Äußerungen und die der anderen zu Schuld und Unschuld, Verurteilung und Freispruch verrechneten. Ihr Anwalt hätte, um ihr fehlendes Gefühl für die Situation zu kompensieren, mehr Erfahrung und Sicherheit haben oder auch einfach besser sein müssen. Oder

Hanna hätte es ihm nicht so schwer machen dürfen; sie verweigerte ihm offensichtlich ihr Vertrauen, hatte aber auch keinen Anwalt ihres Vertrauens gewählt. Ihr Anwalt war ein Pflichtverteidiger, vom Vorsitzenden bestellt.

Manchmal hatte Hanna eine Art von Erfolg. Ich erinnere mich an ihre Vernehmung zu den Selektionen im Lager. Die anderen Angeklagten bestritten, damit irgendwann irgend etwas zu tun gehabt zu haben. Hanna gab so bereitwillig zu, daran teilgenommen zu haben, nicht als einzige, aber wie die anderen und mit ihnen, daß der Vorsitzende Richter meinte, in sie dringen zu müssen.

»Wie liefen die Selektionen ab?«

Hanna beschrieb, daß sich die Aufseherinnen verständigt hatten, aus ihren sechs gleich großen Zuständigkeitsbereichen gleich große Gefangenenzahlen zu melden, jeweils zehn und insgesamt sechzig, daß die Zahlen aber bei niedrigem Krankenstand im einen und hohem im anderen Zuständigkeitsbereich divergieren konnten und daß alle diensthabenden Aufseherinnen letztlich gemeinsam beurteilten, wer zurückgeschickt werden sollte.

»Keine von Ihnen hat sich entzogen, Sie haben alle gemeinsam gehandelt?«

»Ja.«

»Haben Sie nicht gewußt, daß Sie die Gefangenen in den Tod schicken?«

»Doch, aber die neuen kamen, und die alten mußten Platz machen für die neuen.«

»Sie haben also, weil Sie Platz schaffen wollten, gesagt: Du und du und du mußt zurückgeschickt und umgebracht werden?«

Hanna verstand nicht, was der Vorsitzende damit fragen wollte.

»Ich habe… ich meine… Was hätten Sie denn gemacht?« Das war von Hanna als ernste Frage gemeint. Sie wußte nicht, was sie hätte anders machen sollen, anders machen können, und wollte daher vom Vorsitzenden, der alles zu wissen schien, hören, was er gemacht hätte.

Einen Moment lang war es still. Es gehört sich in deutschen Strafverfahren nicht, daß Angeklagte Richtern Fragen stellen. Aber nun war die Frage gestellt, und alle warteten auf die Antwort des Richters. Er mußte antworten, konnte die Frage nicht übergehen oder mit einer tadelnden Bemerkung, einer zurückweisenden Gegenfrage wegwischen. Allen war es klar, ihm selbst war es klar, und ich verstand, warum er den Ausdruck der Irritation zu seiner Masche gemacht hatte. Er hatte ihn zu seiner Maske gemacht. Hinter ihr konnte er sich ein bißchen Zeit nehmen, um die Antwort zu finden. Aber nicht zuviel; je länger er wartete, desto größer wuchsen Spannung und Erwartung, desto besser mußte die Antwort werden.

»Es gibt Sachen, auf die man sich einfach nicht einlassen darf und von denen man sich, wenn es einen nicht Leib und Leben kostet, absetzen muß.«

Vielleicht hätte es genügt, wenn er dasselbe gesagt, dabei aber über Hanna oder auch sich selbst geredet hätte. Davon zu reden, was man muß und was man nicht darf und was einen was kostet, wurde dem Ernst von Hannas Frage nicht gerecht. Sie hatte wissen wollen, was sie in ihrer Situation hätte machen sollen, nicht daß es Sachen gibt, die man nicht macht. Die Antwort des Richters wirkte hilflos, kläglich. Alle empfanden es. Sie reagierten mit enttäuschtem Aufatmen und schauten verwundert auf Hanna, die den Wortwechsel gewissermaßen gewonnen hatte. Aber sie selbst blieb in Gedanken.

»Also hätte ich… hätte nicht… hätte ich mich bei Siemens nicht melden dürfen?«

Das war keine Frage an den Richter. Sie sprach vor sich hin, fragte sich selbst, zögernd, weil sie sich die Frage noch nicht gestellt hatte und zweifelte, ob es die richtige Frage und was die Antwort war.

7

Wie die Beharrlichkeit, mit der Hanna widersprach, den Vorsitzenden Richter ärgerte, so ärgerte die Bereitwilligkeit, mit der sie zugab, die anderen Angeklagten. Für deren Verteidigung, aber auch für Hannas eigene Verteidigung war sie fatal.

Eigentlich war die Beweislage für die Angeklagten günstig. Beweismittel für den ersten Hauptanklagepunkt waren ausschließlich das Zeugnis der überlebenden Mutter, ihrer Tochter und deren Buch. Eine gute Verteidigung hätte, ohne die Substanz der Aussagen von Mutter und Tochter anzugreifen, glaubhaft bestreiten können, daß gerade die Angeklagten die Selektionen vorgenommen hatten. Insoweit waren die Zeugenaussagen nicht präzise und konnten nicht präzise sein; immerhin gab es einen Kommandanten, Wachmannschaften, weitere Aufseherinnen und eine Aufgaben- und Befehlshierarchie, mit der die Gefangenen nur partiell konfrontiert wurden und die sie nur entsprechend partiell durchschauen konnten. Ähnlich war es beim zweiten Anklagepunkt. Mutter und Tochter waren in der Kirche eingesperrt gewesen und konnten über das, was draußen passiert war, keine Aussagen machen. Die Angeklagten konnten zwar nicht vorgeben, nicht dort gewesen zu sein. Die anderen Zeugen, die damals in dem Dorf gelebt hatten, hatten mit ihnen gesprochen und erinnerten sich an sie. Aber diese anderen Zeugen mußten aufpassen, daß auf sie nicht der Vorwurf fiel, sie hätten selbst die Gefangenen retten können. Wenn nur die Angeklagten da waren – konnten dann die Bewohner des Dorfs die paar Frauen nicht überwältigen und selbst die Türen der Kirche aufschließen? Mußten sie nicht auf eine Linie der Verteidigung einschwenken, bei der die Angeklagten unter einem auch sie, die Zeugen, entlastenden Zwang handelten? Unter der Gewalt oder dem Befehl von Wachmannschaften, die doch noch nicht geflohen waren oder von denen die Angeklagten immerhin angenommen hatten, sie seien nur kurz weg, etwa um Verwundete in ein Lazarett zu schaffen, und bald wieder zurück?

Als die Verteidiger der anderen Angeklagten merkten, daß solche Strategien an Hannas bereitwilligem Zugeben scheiterten, stellten sie auf eine Strategie um, die das bereitwillige Zugeben ausnutzte, Hanna be- und dadurch die anderen Angeklagten entlastete. Die Verteidiger taten es mit fachlicher Distanz. Die anderen Angeklagten sekundierten mit empörten Einwürfen.

»Sie haben gesagt, Sie hätten gewußt, daß Sie die Gefangenen in den Tod schicken – das gilt nur für Sie, nicht wahr? Was Ihre Kolleginnen gewußt haben, können Sie nicht wissen. Sie können es vielleicht vermuten, aber letztlich nicht beurteilen, nicht wahr?«

Hanna wurde vom Anwalt einer anderen Angeklagten befragt.

»Aber wir alle wußten...«

»›Wir‹, ›wir alle‹, zu sagen ist einfacher, als ›ich‹ zu sagen, ›ich allein‹, nicht wahr? Stimmt es, daß Sie, Sie allein, im Lager Ihre Schützlinge hatten, junge Mädchen jeweils, eines für eine Weile und dann für eine Weile ein anderes?«

Hanna zögerte. »Ich glaube, daß ich nicht die einzige war, die...«

»Du dreckige Lügnerin! Deine Lieblinge – das war deines, deines allein!« Eine andere Angeklagte, eine derbe Frau, nicht ohne gluckenhafte Behäbigkeit und zugleich mit gehässigem Mundwerk, war sichtbar erregt.

»Könnte es sein, daß Sie ›wissen‹ sagen, wo Sie allenfalls glauben können, und ›glauben‹, wo Sie einfach erfinden?« Der Anwalt schüttelte den Kopf, als nehme er ihre bejahende Antwort bekümmert zur Kenntnis. »Stimmt es auch, daß alle Ihre Schützlinge, wenn Sie ihrer überdrüssig waren, in den nächsten Transport nach Auschwitz kamen?«

Hanna antwortete nicht.

»Das war Ihre spezielle, Ihre persönliche Selektion, nicht wahr? Sie wollen sie nicht mehr wahrhaben, Sie wollen sie verstecken hinter etwas, was alle gemacht haben. Aber...«

»O Gott!« Die Tochter, die sich nach ihrer Vernehmung unter die Zuschauer gesetzt hatte, schlug die Hände vors Gesicht. »Wie habe ich das vergessen können?« Der Vorsitzende Richter fragte sie, ob sie ihre Aussage ergänzen wolle. Sie wartete nicht, bis sie nach vorne gerufen wurde. Sie stand auf und redete von ihrem Platz unter den Zuschauern aus.

»Ja, sie hatte Lieblinge, immer eine von den jungen, schwachen und zarten, und die nahm sie unter ihren Schutz und sorgte, daß sie nicht arbeiten mußten, brachte sie besser unter und versorgte und verköstigte sie besser, und abends holte sie sie zu sich. Und die Mädchen durften nicht sagen, was sie abends mit ihnen machte, und wir dachten, daß sie mit ihnen... auch weil sie alle in den Transport kamen, als hätte sie mit ihnen ihren Spaß und sie dann satt gehabt. Aber so war es gar nicht, und eines Tages hat doch eines geredet, und wir haben gewußt, daß die Mädchen ihr vorgelesen haben, Abend um Abend um Abend. Das war besser, als wenn sie... auch besser, als wenn sie sich an dem Bau zu Tode gearbeitet hätten, ich muß gedacht haben, daß es besser war, sonst hätte ich es nicht vergessen können. Aber war es besser?« Sie setzte sich.

Hanna drehte sich um und sah mich an. Ihr Blick fand mich sofort, und so merkte ich, daß sie die ganze Zeit gewußt hatte, daß ich da war. Sie sah mich einfach an. Ihr Gesicht bat um nichts, warb um nichts, versicherte oder versprach nichts. Es bot sich dar. Ich erkannte, wie angespannt und erschöpft sie war. Sie hatte Ringe unter den Augen, und in jeder Backe führte eine Falte von oben nach unten, die ich nicht kannte, die noch nicht tief war, sie aber schon wie eine Narbe zeichnete. Als ich unter ihrem Blick rot wurde, wandte sie ihn ab und kehrte sich wieder der Gerichtsbank zu.

Der Vorsitzende Richter wollte von dem Anwalt, der Hanna befragt hatte, wissen, ob er noch Fragen an die Angeklagte habe. Er wollte es von Hannas Anwalt wissen.

Frag sie, dachte ich. Frag sie, ob sie die schwachen und zarten Mädchen gewählt hat, weil sie die Arbeit auf dem Bau ohnehin nicht verkrafteten, weil sie ohnehin mit dem nächsten Transport nach Auschwitz kamen und weil sie ihnen den letzten Monat erträglich machen wollte. Sag's, Hanna. Sag, daß du ihnen den letzten Monat erträglich machen wolltest. Daß das der Grund war, die Zarten und Schwachen zu wählen. Daß es keinen anderen Grund gab, keinen geben konnte.

Aber der Anwalt fragte Hanna nicht, und sie sprach nicht von sich aus.

8

Die deutsche Fassung des Buchs, das die Tochter über ihre Zeit im Lager geschrieben hatte, erschien erst nach dem Prozeß. Während des Prozesses war das Manuskript zwar schon vorhanden, aber nur den Prozeßbeteiligten zugänglich. Ich mußte das Buch auf englisch lesen, damals ein ungewohntes und mühsames Unterfangen. Und wie stets schaffte die fremde Sprache, die nicht beherrscht und mit der gekämpft wird, ein eigentümliches Zugleich von Distanz und Nähe. Man hat sich das Buch besonders gründlich erarbeitet und doch nicht zu eigen gemacht. Es bleibt so fremd, wie die Sprache fremd ist.

Jahre später habe ich es wiedergelesen und entdeckt, daß das Buch selbst Distanz schafft. Es lädt nicht zur Identifikation ein und macht niemanden sympathisch, weder Mutter noch Tochter, noch die, mit denen beide in verschiedenen Lagern und schließlich in Auschwitz und bei Krakau das Schicksal geteilt haben. Die Barackenältesten, Aufseherinnen und Wachmannschaften läßt es gar nicht erst so viel Gesicht und Gestalt gewinnen, daß man sich zu ihnen verhalten, sie besser oder schlechter finden könnte. Es atmet die Betäubung, die ich schon zu beschreiben versucht habe. Aber das Vermögen, zu registrieren und zu analysieren, hat die Tochter unter der Betäubung nicht verloren. Und sie hat sich nicht korrumpieren lassen, nicht durch Selbstmitleid und nicht durch das Selbstbewußtsein, das sie spürbar daraus gezogen hat, daß sie überlebt und die Jahre in den Lagern nicht nur verkraftet, sondern literarisch gestaltet hat. Sie schreibt über sich und ihr pubertäres, altkluges und, wenn es sein muß, durchtriebenes Verhalten mit derselben Nüchternheit, mit der sie alles andere beschreibt.

Hanna kommt im Buch weder mit Namen noch sonst erkennbar und identifizierbar vor. Manchmal glaubte ich, sie in einer Aufseherin zu erkennen, die jung, schön und in der Erfüllung ihrer Aufgaben von gewissenloser Gewissenhaftigkeit geschildert wurde, aber ich war nicht sicher. Wenn ich die anderen Angeklagten betrachtete, konnte nur Hanna die geschilderte Aufseherin sein. Aber es hatte weitere Aufseherinnen gegeben. In einem Lager hatte die Tochter eine Aufseherin erlebt, die »Stute« genannt wurde, ebenfalls jung, schön und tüchtig, aber grausam und unbeherrscht. An die erinnerte sie die Aufseherin im Lager. Hatten auch andere den Vergleich gezogen? Wußte Hanna davon, erinnerte sie sich daran und war sie darum betroffen, als ich sie mit einem Pferd verglich?

Das Lager bei Krakau war für Mutter und Tochter die letzte Station nach Auschwitz. Es war ein Fortschritt; die Arbeit war schwer, aber leichter, das Essen war besser, und es war besser, zu sechs Frauen in einem Raum als zu hundert in einer Baracke zu schlafen. Und es war wärmer; die Frauen konnten auf dem Weg von der Fabrik ins Lager

Holz aufsammeln und mitnehmen. Es gab die Angst vor den Selektionen. Aber auch sie war nicht so schlimm wie in Auschwitz. Sechzig Frauen wurden jeden Monat zurückgeschickt, sechzig von rund zwölfhundert; da hatte man selbst dann eine Überlebenserwartung von zwanzig Monaten, wenn man nur durchschnittliche Kräfte besaß, und man konnte immerhin hoffen, stärker als der Durchschnitt zu sein. Überdies durfte man erwarten, daß der Krieg schon in weniger als zwanzig Monaten zu Ende sein würde.

Das Elend begann mit der Auflösung des Lagers und dem Aufbruch der Gefangenen nach Westen. Es war Winter, es schneite, und die Kleidung, in der die Frauen in der Fabrik gefroren und es im Lager einigermaßen ausgehalten hatten, war ganz unzureichend, und noch unzureichender war das Schuhwerk, oft Lappen und Zeitungspapier, so gebunden, daß sie beim Stehen und Gehen zusammenhielten, aber nicht so zu binden, daß sie lange Märsche über Schnee und Eis hätten aushalten können. Die Frauen marschierten auch nicht nur; sie wurden gehetzt, mußten laufen. »Todesmarsch?« fragt die Tochter im Buch und antwortet: »Nein, Todestrab, Todesgalopp.« Viele brachen unterwegs zusammen, andere standen nach den Nächten in einer Scheune oder auch nur an einer Mauer nicht mehr auf. Nach einer Woche war fast die Hälfte der Frauen tot.

Die Kirche war ein besseres Obdach als die Scheunen und Mauern, die die Frauen davor gehabt hatten. Wenn sie an verlassenen Höfen vorbeigekommen waren und übernachtet hatten, hatten die Wachmannschaften und Aufseherinnen die Wohngebäude für sich genommen. Hier, im weitgehend verlassenen Dorf, konnten sie das Pfarrhaus für sich nehmen und den Gefangenen immer noch mehr als eine Scheune oder Mauer lassen. Daß sie es taten und daß es im Dorf sogar einen warmen Sud zu essen gab, erschien wie die Verheißung eines Endes des Elends. So schliefen die Frauen ein. Wenig später fielen die Bomben. Solange nur der Turm brannte, war das Feuer in der Kirche zu hören, aber nicht zu sehen. Als die Turmspitze brach und in den Dachstuhl schlug, dauerte es noch mal Minuten, bis der Schein des Feuers zu sehen war. Dann tropften auch schon die Flammen herab und entzündeten Kleider, herabstürzende brennende Balken setzten das Gestühl und die Kanzel in Brand, und binnen kurzem krachte der Dachstuhl ins Kirchenschiff und brannte alles lichterloh.

Die Tochter meint, die Frauen hätten sich retten können, wenn sie sich sofort gemeinsam daran gemacht hätten, eine der Türen aufzubrechen. Aber bis sie gemerkt hatten, was passiert war, was passieren würde und daß ihnen nicht aufgeschlossen wurde, war es zu spät. Es war dunkle Nacht, als der Einschlag der Bombe sie aufweckte. Eine Weile lang hörten sie nur ein befremdliches, beängstigendes Geräusch im Turm und waren ganz still, um das Geräusch besser hören und deuten zu können. Daß es das Prasseln und Knattern eines Feuers, daß es Feuerschein war, was ab und zu hell hinter den Fenstern zuckte, daß der Schlag, den es über ihren Köpfen tat, das Übergreifen des Feuers vom Turm aufs Dach bedeutete – die Frauen begriffen es erst, als der Dachstuhl sichtbar brannte. Sie begriffen es und schrien auf, schrien in Entsetzen, schrien um Hilfe, stürzten zu den Türen, rüttelten daran, schlugen dagegen, schrien.

Als der brennende Dachstuhl ins Kirchenschiff krachte, hegte die Hülle der Mauern das Feuer wie ein Kamin. Die meisten Frauen sind nicht erstickt, sondern in den hell und laut lodernden Flammen verbrannt. Am Ende hatte das Feuer sogar die eisenbeschlagenen Kirchentüren durchbrannt, durchglüht. Aber das war Stunden später.

Mutter und Tochter überlebten, weil die Mutter aus den falschen Gründen das Richtige tat. Als die Frauen in Panik gerieten, konnte sie es nicht mehr unter ihnen aushalten. Sie floh auf die Empore. Daß sie dort den Flammen näher war, war ihr egal, sie wollte nur allein sein, weg von den schreienden, hin und her drängenden, brennenden Frauen. Die Empore war schmal, so schmal, daß sie vom brennenden Gebälk kaum getroffen wurde. Mutter und Tochter standen an die Wand gepreßt und sahen und hörten das Wüten des Feuers. Sie trauten sich am nächsten Tag nicht hinunter und hinaus. In der Dunkelheit der folgenden Nacht fürchteten sie, die Stufen der Treppe und den Weg zu verfehlen. Als sie im Morgengrauen des übernächsten Tags aus der Kirche kamen, begegneten sie einigen Bewohnern des Dorfs, die sie fassungs- und wortlos anstarrten, ihnen aber Kleider und Essen gaben und sie ziehen ließen.

9

»Warum haben Sie nicht aufgeschlossen?«

Der Vorsitzende Richter stellte einer Angeklagten nach der anderen dieselbe Frage. Eine Angeklagte nach der anderen gab dieselbe Antwort. Sie habe nicht aufschließen können. Warum? Sie sei beim Einschlag der Bombe ins Pfarrhaus verwundet worden. Oder sie habe unter dem Schock des Einschlags gestanden. Oder sie habe sich nach dem Einschlag der Bombe um die verwundeten Wachmannschaften und anderen Aufseherinnen gekümmert, sie aus den Trümmern geborgen, verbunden, versorgt. Sie habe nicht an die Kirche gedacht, sei nicht in der Nähe der Kirche gewesen, habe den Brand in der Kirche nicht gesehen und die Rufe aus der Kirche nicht gehört.

Der Vorsitzende Richter machte einer Angeklagten nach der anderen denselben Vorhalt. Der Bericht lese sich anders. Das war mit Bedacht vorsichtig formuliert. Zu sagen, daß es im Bericht, der sich in den Akten der SS gefunden hatte, anders stand, wäre falsch gewesen. Aber richtig war, daß er sich anders las. Er erwähnte namentlich, wer im Pfarrhaus getötet und wer verwundet worden war, wer die Verwundeten mit dem Lastwagen in ein

Lazarett transportiert und wer den Transport im Kübelwagen begleitet hatte. Er erwähnte, daß Aufseherinnen zurückgeblieben waren, um das Ende der Brände abzuwarten, ein Übergreifen zu verhindern und Fluchtversuche im Schutz der Brände zu unterbinden. Er erwähnte den Tod der Gefangenen.

Daß die Namen der Angeklagten nicht unter den aufgeführten Namen waren, sprach dafür, daß die Angeklagten zu den zurückgebliebenen Aufseherinnen gehört hatten. Daß die Aufseherinnen zurückgeblieben waren, um Fluchtversuche zu verhindern, sprach dafür, daß mit der Bergung der Verwundeten aus dem Pfarrhaus und der Abfahrt des Transports ins Lazarett nicht schon alles vorbei war. Die zurückgebliebenen Aufseherinnen hatten, so las es sich, den Brand in der Kirche toben lassen und die Türen der Kirche geschlossen gehalten. Unter den zurückgebliebenen Aufseherinnen waren, so las es sich, die Angeklagten gewesen.

Nein, sagte eine Angeklagte nach der anderen, so sei es nicht gewesen. Der Bericht sei falsch. Das sehe man schon daran, daß er von der Aufgabe der zurückgebliebenen Aufseherinnen rede, ein Übergreifen der Brände zu verhindern. Wie hätten sie diese Aufgabe erfüllen sollen. Sie sei Unsinn, und ebenso sei die andere Aufgabe, Fluchtversuche im Schutz der Brände zu verhindern, Unsinn. Fluchtversuche? Als sie sich nicht mehr um die eigenen hätten kümmern müssen und um die anderen, die Gefangenen, hätten kümmern können, sei nichts mehr zu fliehen gewesen. Nein, der Bericht verkenne ganz und gar, was sie in der Nacht gemacht, geleistet und gelitten hätten.

Wie es zu einem derart falschen Bericht kommen könne? Sie wüßten es auch nicht.

Bis die behäbig-gehässige Angeklagte dran war. Sie wußte es. »Fragen Sie die da!« Sie zeigte mit dem Finger auf Hanna. »Sie hat den Bericht geschrieben. Sie ist an allem schuld, sie allein, und mit dem Bericht hat sie das vertuschen und uns reinziehen wollen.«

Der Vorsitzende fragte Hanna. Aber es war seine letzte Frage. Seine erste Frage war: »Warum haben Sie nicht aufgeschlossen?«

»Wir waren... wir hatten...« Hanna suchte nach der Antwort. »Wir wußten uns nicht anders zu helfen.«

»Sie wußten sich nicht anders zu helfen?«

»Einige von uns waren tot, und die anderen haben sich davongemacht. Sie haben gesagt, daß sie die Verwundeten ins Lazarett schaffen und wiederkommen, aber sie wußten, daß sie nicht wiederkommen, und wir haben es auch gewußt. Vielleicht sind sie auch gar nicht ins Lazarett gefahren, so schlimm verletzt waren die Verwundeten nicht. Wir wären auch mitgefahren, aber sie haben gesagt, die Verwundeten brauchen den Platz, und sie haben sowieso nichts... waren sowieso nicht scharf darauf, so viele Frauen mit dabei zu haben. Ich weiß nicht, wohin sie sind.«

»Was haben Sie gemacht?«

»Wir haben nicht gewußt, was wir machen sollen. Es ging alles so schnell, und das Pfarrhaus hat gebrannt und der Kirchturm, und die Männer und Autos waren eben noch da, und dann waren sie weg, und auf einmal waren wir allein mit den Frauen in der Kirche. Irgendwas an

Waffen haben sie zurückgelassen, aber wir haben nicht damit umgehen können, und wenn wir's gekonnt hätten – was hätte uns das geholfen, uns paar Frauen? Wie hätten wir die vielen Frauen bewachen sollen? So ein Zug streckt sich lange hin, auch wenn man ihn zusammenhält, und so eine lange Strecke zu bewachen, braucht man viel mehr als uns paar.« Hanna machte eine Pause. »Dann fing das Schreien an und wurde immer schlimmer. Wenn wir jetzt aufgemacht hätten und alle rausgerannt wären...«

Der Vorsitzende wartete einen Moment. »Hatten Sie Angst? Hatten Sie Angst, daß die Gefangenen Sie überwältigen würden?«

»Daß die Gefangenen uns... nein, aber wie hätten wir da noch mal Ordnung reinbringen sollen? Das hätte ein Durcheinander gegeben, mit dem wir nicht fertiggeworden wären. Und wenn sie zu fliehen versucht hätten...«

Wieder wartete der Vorsitzende, aber Hanna sprach den Satz nicht zu Ende. »Hatten Sie Angst, daß man Sie im Fall der Flucht verhaften, verurteilen, erschießen würde?«

»Wir hätten sie doch nicht einfach fliehen lassen können! Wir waren doch dafür verantwortlich... Ich meine, wir hatten sie doch die ganze Zeit bewacht, im Lager und im Zug, das war doch der Sinn, daß wir sie bewachen und daß sie nicht fliehen. Darum haben wir nicht gewußt, was wir machen sollen. Wir haben auch nicht gewußt, wie viele Frauen die nächsten Tage überleben. Es waren schon so viele gestorben, und die, die noch lebten, waren auch schon so schwach...«

Hanna merkte, daß sie ihrer Sache mit dem, was sie sagte, keinen Dienst erwies. Aber sie konnte nichts anderes sagen. Sie konnte nur versuchen, das, was sie sagte, besser zu sagen, besser zu beschreiben und zu erklären. Aber je mehr sie sagte, desto schlechter sah es um ihre Sache aus. Weil sie nicht ein noch aus wußte, wandte sie sich wieder an den Vorsitzenden.

»Was hätten Sie denn gemacht?«

Aber diesmal wußte sie selbst, daß sie keine Antwort bekommen würde. Sie erwartete keine Antwort. Niemand erwartete eine Antwort. Der Vorsitzende schüttelte stumm den Kopf.

Nicht daß man sich die Rat- und Hilflosigkeit, die Hanna beschrieb, nicht hätte vorstellen können. Die Nacht, die Kälte, der Schnee, das Feuer, das Schreien der Frauen in der Kirche, das Verschwinden derer, die den Aufseherinnen befohlen und sie begleitet hatten – wie hätte die Situation einfach sein sollen. Aber konnte die Einsicht, daß die Situation schwierig gewesen war, das Entsetzen über das, was die Angeklagten getan oder auch nicht getan hatten, relativieren? Als sei es um einen Autounfall auf einsamer Straße in kalter Winternacht gegangen, mit Verletzungen und Totalschaden, wo man nicht weiß, was tun? Oder um einen Konflikt zwischen zwei Pflichten, die beide unseren Einsatz verdienen? So konnte man, aber man wollte sich nicht vorstellen, was Hanna beschrieb.

»Haben Sie den Bericht geschrieben?«

»Wir haben uns zusammen überlegt, was wir schreiben sollen. Wir wollten denen, die sich davongemacht hatten, nichts anhängen. Aber daß wir was falsch gemacht hätten, wollten wir uns auch nicht anziehen.«

»Sie sagen also, Sie haben zusammen überlegt. Wer hat geschrieben?«

»Du!« Die andere Angeklagte zeigte wieder mit dem Finger auf Hanna.

»Nein, ich habe nicht geschrieben. Ist es wichtig, wer geschrieben hat?«

Ein Staatsanwalt schlug vor, einen Sachverständigen die Schrift des Berichts und die Schrift der Angeklagten Schmitz miteinander vergleichen zu lassen.

»Meine Schrift? Sie wollen meine Schrift…«

Der Vorsitzende, der Staatsanwalt und Hannas Verteidiger diskutierten, ob eine Schrift ihre Identität über mehr als fünfzehn Jahre durchhält und erkennen läßt. Hanna hörte zu und setzte ein paarmal an, etwas zu sagen oder zu fragen, war zunehmend alarmiert. Dann sagte sie: »Sie brauchen keinen Sachverständigen holen. Ich gebe zu, daß ich den Bericht geschrieben habe.«

## 10

An die freitäglichen Seminarsitzungen habe ich keine Erinnerung. Auch wenn ich mir die Gerichtsverhandlung
vergegenwärtige, fällt mir nicht ein, was wir wissen-
schaftlich bearbeitet haben. Worüber haben wir gesprochen? Was wollten wir wissen? Wessen hat uns der Professor belehrt?

Aber ich erinnere mich an die Sonntage. Von den Tagen im Gericht brachte ich einen mir neuen Hunger nach
den Farben und Gerüchen der Natur mit. An den Freita-
gen und Samstagen habe ich das, was ich an den anderen
Wochentagen im Studium versäumte, immerhin soweit
nachgearbeitet, daß ich bei den Übungen mithalten und
das Pensum des Semesters bewältigen konnte. An den
Sonntagen bin ich losgelaufen.

Heiligenberg, Michaelsbasilika, Bismarckturm, Philo-
sophenweg, Flußufer – ich habe den Weg von Sonntag zu
Sonntag nur geringfügig variiert. Ich fand genug Vielfalt
darin, das von Woche zu Woche sattere Grün und die
Rheinebene mal im Dunst der Hitze, mal hinter Regen-
schleiern und mal unter Gewitterwolken zu sehen und im
Wald die Beeren und die Blumen zu riechen, wenn die

Sonne auf sie brannte, und die Erde und die modernden Blätter vom vergangenen Jahr, wenn es regnete. Überhaupt brauche und suche ich nicht viel Vielfalt. Die nächste Reise ein bißchen weiter als die letzte, der nächste Urlaub in dem Ort, den ich beim letzten entdeckt habe und der mir gefallen hat – eine Zeitlang habe ich gemeint, kühner sein zu müssen, und mich nach Ceylon, Ägypten und Brasilien gezwungen, ehe ich wieder dazu überging, mir die vertrauten Regionen noch vertrauter zu machen. In ihnen sehe ich mehr.

Ich habe die Stelle im Wald wiedergefunden, wo sich mir Hannas Geheimnis enthüllte. Sie hat nichts Besonderes und hatte damals nichts Besonderes, keinen eigentümlich gewachsenen Baum oder Fels, keinen ungewöhnlichen Blick auf die Stadt und in die Ebene, nichts, was zu überraschenden Assoziationen einladen würde. Beim Nachdenken über Hanna, Woche um Woche in denselben Bahnen kreisend, hatte sich ein Gedanke abgespalten, hatte seinen eigenen Weg verfolgt und schließlich sein eigenes Ergebnis hervorgebracht. Als er damit fertig war, war er damit fertig – es hätte überall sein können oder jedenfalls überall da, wo die Vertrautheit der Umgebung und Umstände zuläßt, das Überraschende, das einen nicht von außen anfällt, sondern innen wächst, wahrzunehmen und anzunehmen. So war es auf einem Weg, der steil den Berg hinansteigt, die Fahrstraße überquert, einen Brunnen passiert und zuerst unter alten, hohen, dunklen Bäumen und dann durch lichtes Gehölz führt.

Hanna konnte nicht lesen und schreiben.

Deswegen hatte sie sich vorlesen lassen. Deswegen hatte

sie mich auf unserer Fahrradtour das Schreiben und Lesen übernehmen lassen und war am Morgen im Hotel außer sich gewesen, als sie meinen Zettel gefunden, meine Erwartung, sie kenne seinen Inhalt, geahnt und ihre Bloßstellung gefürchtet hatte. Deswegen hatte sie sich der Beförderung bei der Straßenbahn entzogen; ihre Schwäche, die sie als Schaffnerin verbergen konnte, wäre bei der Ausbildung zur Fahrerin offenkundig geworden. Deswegen hatte sie sich der Beförderung bei Siemens entzogen und war Aufseherin geworden. Deswegen hatte sie, um der Konfrontation mit dem Sachverständigen zu entgehen, zugegeben, den Bericht geschrieben zu haben. Hatte sie sich deswegen im Prozeß um Kopf und Kragen geredet? Weil sie das Buch der Tochter wie auch die Anklage nicht hatte lesen, die Chancen ihrer Verteidigung nicht hatte sehen und sich nicht entsprechend hatte vorbereiten können? Hatte sie deswegen ihre Schützlinge nach Auschwitz geschickt? Um sie, falls sie was gemerkt haben sollten, stumm zu machen? Und hatte sie deswegen die Schwachen zu ihren Schützlingen gemacht?

Deswegen? Daß sie sich schämte, nicht lesen und schreiben zu können, und lieber mich befremdet als sich bloßgestellt hatte, verstand ich. Scham als Grund für ausweichendes, abwehrendes, verbergendes und verstellendes, auch verletzendes Verhalten kannte ich selbst. Aber Hannas Scham, nicht lesen und schreiben zu können, als Grund für ihr Verhalten im Prozeß und im Lager? Aus Angst vor der Bloßstellung als Analphabetin die Bloßstellung als Verbrecherin? Aus Angst vor der Bloßstellung als Analphabetin das Verbrechen?

Wie oft habe ich mir damals und seitdem dieselben Fragen gestellt. Wenn Hannas Motiv die Angst vor Bloßstellung war – wieso dann statt der harmlosen Bloßstellung als Analphabetin die furchtbare als Verbrecherin? Oder meinte sie, ohne jede Bloßstellung durch- und davonzukommen? War sie einfach dumm? Und war sie so eitel und böse, für das Vermeiden einer Bloßstellung zur Verbrecherin zu werden?

Ich habe es damals und seitdem immer wieder verworfen. Nein, habe ich mir gesagt, Hanna hatte sich nicht für das Verbrechen entschieden. Sie hatte sich gegen die Beförderung bei Siemens entschieden und war in die Tätigkeit als Aufseherin hineingeraten. Und nein, sie hatte die Zarten und Schwachen nicht mit dem Transport nach Auschwitz geschickt, weil sie ihr vorgelesen hatten, sondern hatte sie fürs Vorlesen ausgewählt, weil sie ihnen den letzten Monat erträglich machen wollte, ehe sie ohnehin nach Auschwitz mußten. Und nein, im Prozeß wog Hanna nicht zwischen der Bloßstellung als Analphabetin und der Bloßstellung als Verbrecherin ab. Sie kalkulierte und taktierte nicht. Sie akzeptierte, daß sie zur Rechenschaft gezogen wurde, wollte nur nicht überdies bloßgestellt werden. Sie verfolgte nicht ihr Interesse, sondern kämpfte um ihre Wahrheit, ihre Gerechtigkeit. Es waren, weil sie sich immer ein bißchen verstellen mußte, weil sie nie ganz offen, nie ganz sie selbst sein konnte, eine klägliche Wahrheit und eine klägliche Gerechtigkeit, aber es waren ihre, und der Kampf darum war ihr Kampf.

Sie mußte völlig erschöpft sein. Sie kämpfte nicht nur im Prozeß. Sie kämpfte immer und hatte immer gekämpft, nicht um zu zeigen, was sie kann, sondern um zu verbergen, was sie nicht kann. Ein Leben, dessen Aufbrüche in energischen Rückzügen und dessen Siege in verheimlichten Niederlagen bestehen.

Seltsam berührte mich die Diskrepanz zwischen dem, was Hanna beim Verlassen meiner Heimatstadt beschäftigt haben mußte, und dem, was ich mir damals vorgestellt und ausgemalt hatte. Ich war sicher gewesen, sie vertrieben, weil verraten und verleugnet zu haben, und tatsächlich hatte sie sich einfach einer Bloßstellung bei der Straßenbahn entzogen. Allerdings änderte der Umstand, daß ich sie nicht vertrieben hatte, nichts daran, daß ich sie verraten hatte. Also blieb ich schuldig. Und wenn ich nicht schuldig war, weil der Verrat einer Verbrecherin nicht schuldig machen kann, war ich schuldig, weil ich eine Verbrecherin geliebt hatte.

## 11

Indem Hanna zugab, den Bericht geschrieben zu haben, hatten die anderen Angeklagten leichtes Spiel. Hanna habe, wo nicht allein gehandelt, die anderen bedrängt, bedroht, gezwungen. Sie habe das Kommando an sich gerissen. Sie habe Feder und Wort geführt. Sie habe entschieden.

Die Bewohner des Dorfs, die als Zeugen aussagten, konnten das weder bestätigen noch widerlegen. Sie hatten gesehen, daß die brennende Kirche von mehreren Frauen in Uniform bewacht und nicht geöffnet wurde, und hatten sich daher nicht getraut, sie selbst zu öffnen. Sie waren den Frauen am nächsten Morgen begegnet, als sie aufbrachen, und erkannten sie in den Angeklagten wieder. Aber welche Angeklagte bei der morgendlichen Begegnung den Ton angegeben hatte, ob überhaupt eine Angeklagte den Ton angegeben hatte, wußten sie nicht zu sagen.

»Aber Sie können nicht ausschließen, daß diese Angeklagte«, der Anwalt einer der anderen Angeklagten zeigte auf Hanna, »die Entscheidungen traf?«

Sie konnten es nicht, wie sollten sie auch, und angesichts der anderen Angeklagten, sichtbar älter, müder, feiger und bitterer, wollten sie es auch nicht. Im Vergleich mit den anderen Angeklagten war Hanna die Führerin. Außerdem entlastete die Existenz einer Führerin die Bewohner des Dorfs; gegenüber einer straff geführten Einheit auf die Leistung von Hilfe verzichtet zu haben, machte sich besser als der Verzicht gegenüber einer Gruppe verwirrter Frauen.

Hanna kämpfte weiter. Sie gab zu, was stimmte, und bestritt, was nicht stimmte. Sie bestritt mit zunehmend verzweifelter Heftigkeit. Sie wurde nicht laut. Aber schon die Intensität, mit der sie redete, befremdete das Gericht.

Schließlich gab sie auf. Sie redete nur noch, wenn sie gefragt wurde, sie antwortete kurz, dürftig, manchmal fahrig. Wie um sichtbar zu machen, daß sie aufgegeben hatte, blieb sie jetzt, wenn sie redete, sitzen. Der Vorsitzende Richter, der ihr zu Beginn der Verhandlung mehrfach gesagt hatte, sie müsse nicht stehen, sie könne gerne sitzen, nahm auch das befremdet zur Kenntnis. Manchmal hatte ich gegen Ende der Verhandlung den Eindruck, das Gericht habe genug, wolle die Sache endlich hinter sich bringen, sei schon nicht mehr bei der Sache, sondern anderswo, wieder in der Gegenwart nach langen Wochen in der Vergangenheit.

Auch ich hatte genug. Aber ich konnte die Sache nicht hinter mir lassen. Für mich ging die Verhandlung nicht zu Ende, sondern begann. Ich war Zuschauer gewesen und plötzlich Teilnehmer geworden, Mitspieler und Mitentscheider. Ich hatte diese neue Rolle nicht gesucht und gewählt, aber ich hatte sie, ob ich wollte oder nicht, ob ich etwas tat oder mich völlig passiv verhielt.

Etwas tat – es ging nur um eines. Ich konnte zum Vorsitzenden Richter gehen und ihm sagen, daß Hanna Analphabetin war. Daß sie nicht die Hauptakteurin und -schuldige war, zu der die anderen sie machten. Daß ihr Verhalten im Prozeß nicht besondere Unbelehrbarkeit, Uneinsichtigkeit oder Dreistigkeit anzeigte, sondern aus der mangelnden vorherigen Kenntnis der Anklage und des Manuskripts und wohl auch aus dem Fehlen jeden strategischen oder taktischen Sinns resultierte. Daß sie in ihrer Verteidigung erheblich beeinträchtigt war. Daß sie schuldig, aber nicht so schuldig war, wie es den Anschein hatte.

Vielleicht würde ich den Vorsitzenden nicht überzeugen. Aber ich würde ihn zum Nachdenken und Nachforschen bringen. Am Ende würde sich erweisen, daß ich recht hatte, und Hanna würde zwar bestraft, aber geringer bestraft werden. Sie würde zwar ins Gefängnis müssen, aber früher wieder rauskönnen, früher wieder frei sein – war es nicht das, worum sie kämpfte?

Ja, sie kämpfte darum, war aber nicht willens, für den Erfolg den Preis ihrer Bloßstellung als Analphabetin zu zahlen. Sie würde auch nicht wollen, daß ich ihre Selbstdarstellung für ein paar Gefängnisjahre verkaufen würde. Sie konnte solchen Handel selbst machen, sie machte ihn nicht, also wollte sie ihn nicht. Ihr war ihre Selbstdarstellung die Gefängnisjahre wert.

Aber war sie's wirklich wert? Was hatte sie von dieser verlogenen Selbstdarstellung, die sie fesselte, lähmte, nicht sich entfalten ließ? Mit der Energie, mit der sie ihre Lebenslüge aufrechterhielt, hätte sie längst lesen und schreiben lernen können.

Ich habe damals mit Freunden über das Problem zu reden versucht. Stell dir vor, jemand rennt in sein Verderben, absichtlich, und du kannst ihn retten – rettest du ihn? Stell dir eine Operation vor und einen Patienten, der Drogen nimmt, mit denen sich die Anästhesie nicht verträgt, der sich aber schämt, daß er die Drogen nimmt, und es dem Anästhesisten nicht sagen will – redest du mit dem Anästhesisten? Stell dir eine Gerichtsverhandlung vor und einen Angeklagten, der bestraft wird, wenn er nicht offenbart, daß er Linkshänder ist und daher die Tat, die mit der rechten Hand ausgeführt wurde, nicht begangen haben kann, der sich aber schämt, daß er Linkshänder ist – sagst du dem Richter, was los ist? Stell dir vor, daß er schwul ist, die Tat als Schwuler nicht begangen haben kann, sich aber schämt, schwul zu sein. Es geht nicht darum, ob man sich schämen sollte, Linkshänder oder schwul zu sein – stell dir einfach vor, daß der Angeklagte sich schämt.

## 12

Ich beschloß, mit meinem Vater zu reden. Nicht weil wir uns so nahe gewesen wären. Mein Vater war verschlossen, konnte weder uns Kindern seine Gefühle mitteilen noch etwas mit den Gefühlen anfangen, die wir ihm entgegenbrachten. Lange vermutete ich hinter dem unmitteilsamen Verhalten einen Reichtum ungehobener Schätze. Aber später fragte ich mich, ob da überhaupt etwas war. Vielleicht war er als Junge und junger Mann reich an Gefühlen gewesen und hatte sie, ihnen keinen Ausdruck gebend, über die Jahre verdorren und absterben lassen.

Aber gerade wegen der Distanz zwischen uns suchte ich das Gespräch mit ihm. Ich suchte das Gespräch mit dem Philosophen, der über Kant und Hegel geschrieben hatte, von denen ich wußte, daß sie sich mit moralischen Fragen beschäftigt hatten. Er sollte auch in der Lage sein, mein Problem abstrakt zu erörtern, und sich, anders als meine Freunde, nicht an den Defiziten meiner Beispiele aufhalten.

Wenn wir Kinder unseren Vater sprechen wollten, gab er uns Termine wie seinen Studenten. Er arbeitete zu Hause und ging in die Universität nur, um seine Kollegs und Seminare zu halten. Die Kollegen und Studenten, die ihn sprechen wollten, kamen zu ihm nach Hause. Ich erinnere mich an Reihen von Studenten, die im Korridor an der Wand lehnten und warteten, bis sie an die Reihe kamen, manche lesend, andere die Stadtansichten betrachtend, die im Korridor hingen, andere ins Leere starrend, alle stumm, bis auf einen verlegenen Gruß, wenn wir Kinder grüßend durch den Flur gingen. Wir selbst warteten nicht im Flur, wenn unser Vater uns einen Termin gegeben hatte. Aber auch wir klopften zum festgesetzten Zeitpunkt an die Tür seines Arbeitszimmers und wurden hereingerufen.

Ich habe zwei Arbeitszimmer meines Vaters erlebt. Die Fenster des ersten, in dem Hanna die Bücher mit dem Finger abgeschritten hat, gingen auf Straßen und Häuser. Die des zweiten gingen auf die Rheinebene. Das Haus, in das wir Anfang der sechziger Jahre gezogen und in dem meine Eltern wohnen geblieben sind, als wir Kinder groß waren, lag über der Stadt am Hang. Hier wie dort weiteten die Fenster den Raum nicht in die Welt draußen, sondern hängten diese in das Zimmer wie Bilder. Das Arbeitszimmer meines Vaters war ein Gehäuse, in dem die Bücher, Papiere, Gedanken und der Pfeifen- und Zigarrenrauch eigene, von denen der Außenwelt verschiedene Druckverhältnisse geschaffen hatten. Sie waren mir zugleich vertraut und fremd.

Mein Vater ließ mich mein Problem präsentieren, in der abstrakten Fassung und mit den Beispielen. »Es hat mit dem Prozeß zu tun, nicht wahr?« Aber er schüttelte den Kopf, um mir zu bedeuten, daß er keine Antwort erwarte, nicht in mich dringen, von mir nichts wissen wolle, was ich nicht von mir aus sagte. Dann saß er, den Kopf zur Seite geneigt, mit den Händen die Armlehnen festhaltend, und dachte nach. Er sah mich nicht an. Ich betrachtete ihn, sein graues Haar, seine wie immer schlecht rasierten Backen, die scharfen Falten zwischen den Augen und von den Nasenflügeln zu den Mundwinkeln. Ich wartete.

Als er redete, holte er weit aus. Er belehrte mich über Person, Freiheit und Würde, über den Menschen als Subjekt und darüber, daß man ihn nicht zum Objekt machen dürfe. »Erinnerst du dich nicht mehr, wie es dich als kleinen Jungen empören konnte, wenn Mama besser wußte als du, was für dich gut war? Schon wieweit man das bei Kindern tun darf, ist ein wirkliches Problem. Es ist ein philosophisches Problem, aber die Philosophie kümmert sich nicht um die Kinder. Sie hat sie der Pädagogik überlassen, wo sie schlecht aufgehoben sind. Die Philosophie hat die Kinder vergessen«, er lächelte mich an, »für immer vergessen, nicht nur für manchmal, wie ich euch.«

»Aber…«

»Aber bei Erwachsenen sehe ich schlechterdings keinerlei Rechtfertigung dafür, das, was ein anderer für sie für gut hält, über das zu setzen, was sie selbst für sich für gut halten.«

»Auch nicht, wenn sie später selbst glücklich damit sind?«

Er schüttelte den Kopf. »Wir reden nicht über Glück, sondern über Würde und Freiheit. Schon als kleiner Junge hast du den Unterschied gekannt. Es hat dich nicht getröstet, daß Mama immer recht hatte.«

Heute denke ich gerne an das Gespräch mit meinem Vater zurück. Ich hatte es vergessen, bis ich nach seinem Tod begann, im Bodensatz der Erinnerung nach schönen Begegnungen, Erlebnissen und Erfahrungen mit ihm zu suchen. Als ich es fand, betrachtete ich es verwundert und beglückt. Damals war ich zunächst verwirrt von meines Vaters Mischung aus Abstraktion und Anschaulichkeit. Aber schließlich machte ich mir auf das, was er gesagt hatte, den Reim, daß ich nicht mit dem Richter reden mußte, daß ich gar nicht mit ihm reden durfte, und war erleichtert.

Mein Vater sah es mir an. »So gefällt dir die Philosophie?«

»Naja, ich wußte nicht, ob man in der Situation, die ich beschrieben habe, handeln muß, und war eigentlich nicht glücklich mit der Vorstellung, daß man muß, und wenn man nun gar nicht handeln darf – ich finde das...« Ich wußte nicht, was sagen. Erleichternd? Beruhigend? Angenehm? Das klang nicht nach Moral und Verantwortung. Ich finde es gut, klang moralisch und verantwortlich, aber ich konnte nicht sagen, daß ich es gut, daß ich es mehr als nur erleichternd fand.

»Angenehm?« schlug mein Vater vor.

Ich nickte mit dem Kopf und zuckte mit den Schultern.

»Nein, dein Problem hat keine angenehme Lösung. Natürlich muß man handeln, wenn die von dir beschriebene Situation eine Situation zugewachsener oder übernommener Verantwortung ist. Wenn man weiß, was für den anderen gut ist und daß er die Augen davor verschließt, muß man versuchen, ihm die Augen zu öffnen.

Man muß ihm das letzte Wort lassen, aber man muß mit ihm reden, mit ihm, nicht hinter seinem Rücken mit jemand anderem.«

Mit Hanna reden? Was sollte ich ihr sagen? Daß ich ihre Lebenslüge durchschaut hatte? Daß sie drauf und dran war, ihr ganzes Leben dieser dummen Lüge zu opfern? Daß die Lüge das Opfer nicht wert war? Daß sie darum kämpfen sollte, nicht länger als nötig ins Gefängnis zu müssen, um danach noch viel mit ihrem Leben anzufangen? Was eigentlich? Ob viel, etwas oder wenig – was sollte sie mit ihrem Leben anfangen? Konnte ich ihr ihre Lebenslüge wegnehmen, ohne ihr eine Lebensperspektive zu eröffnen? Ich wußte keine langfristige, und ich wußte auch nicht, wie ich ihr gegenübertreten und sagen sollte, es sei schon richtig, daß nach dem, was sie getan hatte, ihre Lebensperspektive kurz- und mittelfristig Gefängnis heißen würde. Ich wußte nicht, wie ich ihr gegenübertreten und irgend etwas sagen sollte. Ich wußte überhaupt nicht, wie ich ihr gegenübertreten sollte.

Ich fragte meinen Vater: »Und was ist, wenn man nicht mit ihm reden kann?«

Er sah mich zweifelnd an, und ich wußte selbst, daß die Frage neben der Sache lag. Es gab nichts mehr zu moralisieren. Ich mußte mich nur noch entscheiden.

»Ich habe dir nicht helfen können.« Mein Vater stand auf und ich auch. »Nein, du mußt nicht gehen, mir tut nur der Rücken weh.« Er stand krumm, die Hände auf die Nieren gepreßt. »Ich kann nicht sagen, daß es mir leid tut, daß ich dir nicht helfen kann. Als der Philosoph, meine ich, als den du mich gefragt hast. Als Vater finde ich die

Erfahrung, meinen Kindern nicht helfen zu können, schier unerträglich.«

Ich wartete, aber er redete nicht weiter. Ich fand, er mache es sich leicht; ich wußte, wann er sich mehr um uns hätte kümmern und wie er uns mehr hätte helfen können. Dann dachte ich, daß er das vielleicht selbst weiß und wirklich schwer daran trägt. Aber so oder so konnte ich ihm nichts sagen. Ich wurde verlegen und hatte das Gefühl, daß auch er verlegen war.

»Ja, dann …«

»Du kannst jederzeit kommen.« Mein Vater sah mich an.

Ich glaubte ihm nicht und nickte.

# 13

Im Juni flog das Gericht für zwei Wochen nach Israel. Die
dortige Vernehmung war eine Sache weniger Tage. Aber
Richter und Staatsanwälte verbanden das justizielle mit
dem touristischen Ereignis, Jerusalem und Tel Aviv, Ne-
gev und Rotes Meer. Das war dienst-, urlaubs- und ko-
stenrechtlich sicher in Ordnung. Gleichwohl fand ich es
bizarr.

Ich hatte geplant, die zwei Wochen ganz ans Studium zu
wenden. Aber es lief nicht so, wie ich es mir vorgestellt
und vorgenommen hatte. Ich konnte mich nicht aufs Lernen konzentrieren, nicht auf die Professoren und nicht auf
die Bücher. Wieder und wieder schweiften meine Gedanken ab und verloren sich in Bildern.

Ich sah Hanna bei der brennenden Kirche, mit hartem
Gesicht, schwarzer Uniform und Reitpeitsche. Mit der
Reitpeitsche zeichnet sie Kringel in den Schnee und
schlägt gegen die Stiefelschäfte. Ich sah sie, wie sie sich
vorlesen läßt. Sie hört aufmerksam zu, stellt keine Fragen
und macht keine Bemerkungen. Als die Stunde vorbei ist,
teilt sie der Vorleserin mit, daß sie morgen mit dem Transport nach Auschwitz geht. Die Vorleserin, ein schmächti-

ges Geschöpf mit schwarzen Haarstoppeln und kurzsichtigen Augen, beginnt zu weinen. Hanna schlägt mit der Hand gegen die Wand, und zwei Frauen treten ein, auch sie Häftlinge in gestreiftem Gewand, und zerren die Vorleserin raus. Ich sah Hanna Lagerstraßen entlanggehen und in Häftlingsbaracken treten und Bauarbeiten überwachen. Sie tut alles mit demselben harten Gesicht, mit kalten Augen und schmalem Mund, und die Häftlinge ducken sich, beugen sich über die Arbeit, drücken sich an die Wand, in die Wand, wollen in der Wand verschwinden. Manchmal sind viele Häftlinge angetreten oder laufen hierhin und dorthin oder formen Reihen oder marschieren, und Hanna steht dazwischen und schreit Kommandos, das schreiende Gesicht eine häßliche Fratze, und hilft mit der Reitpeitsche nach. Ich sah den Kirchturm ins Kirchendach schlagen und die Funken stieben und hörte die Verzweiflung der Frauen. Ich sah die ausgebrannte Kirche am nächsten Morgen.

Neben diesen Bildern sah ich die anderen. Hanna, die in der Küche die Strümpfe anzieht, die vor der Badewanne das Frottiertuch hält, die mit wehendem Rock auf dem Fahrrad fährt, die im Arbeitszimmer meines Vaters steht, die vor dem Spiegel tanzt, die im Schwimmbad zu mir herüberschaut, Hanna, die mir zuhört, die zu mir redet, die mich anlacht, die mich liebt. Schlimm war, wenn die Bilder durcheinandergerieten. Hanna, die mich mit den kalten Augen und dem schmalen Mund liebt, die mir wortlos beim Vorlesen zuhört und am Ende mit der Hand gegen die Wand schlägt, die zu mir redet und deren Gesicht zur Fratze wird. Das schlimmste waren die Träume, in denen mich die harte, herrische, grausame Hanna sexuell erregte und von denen ich in Sehnsucht, Scham und Empörung aufwachte. Und in der Angst, wer ich eigentlich sei.

Ich wußte, daß die phantasierten Bilder armselige Klischees waren. Sie wurden der Hanna, die ich erlebt hatte und erlebte, nicht gerecht. Gleichwohl waren sie von großer Kraft. Sie zersetzten die erinnerten Bilder von Hanna und verbanden sich mit den Bildern vom Lager, die ich im Kopf hatte.

Wenn ich heute an die Jahre damals denke, fällt mir auf, wie wenig Anschauung es eigentlich gab, wie wenig Bilder, die das Leben und Morden in den Lagern vergegenwärtigten. Wir kannten von Auschwitz das Tor mit seiner Inschrift, die mehrstöckigen Holzpritschen, die Haufen von Haar und Brillen und Koffern, von Birkenau den Eingangsbau mit Turm, Seitenflügeln und Durchfahrt für die Züge und aus Bergen-Belsen die Leichenberge, die die Alliierten bei der Befreiung vorgefunden und photographiert hatten. Wir kannten einige Berichte von Häftlingen, aber viele Berichte sind bald nach dem Krieg erschienen und dann erst wieder in den achtziger Jahren aufgelegt worden und gehörten dazwischen nicht in die Programme der Verlage. Heute sind so viele Bücher und Filme vorhanden, daß die Welt der Lager ein Teil der gemeinsamen vorgestellten Welt ist, die die gemeinsame wirkliche vervollständigt. Die Phantasie kennt sich in ihr aus, und seit der Fernsehserie »Holocaust« und Spielfilmen wie »Sophies Wahl« und besonders »Schindlers Liste« bewegt sie sich auch in ihr, nimmt nicht nur wahr, sondern ergänzt und schmückt aus. Damals hat die Phantasie sich kaum bewegt; sie hat gemeint, zu der Erschütterung, die der Welt der Lager geschuldet werde, passe die Bewegung der Phantasie nicht. Die paar Bilder, die sie alliierten Photographien und Häftlingsberichten verdankte, betrachtete sie wieder und wieder, bis sie zu Klischees erstarrten.

## 14

Ich beschloß wegzufahren. Wenn ich von heute auf morgen nach Auschwitz hätte fahren können, hätte ich es gemacht. Aber ein Visum zu bekommen, dauerte Wochen. So bin ich zum Struthof ins Elsaß gefahren. Es war das nächste Konzentrationslager. Ich hatte noch nie eines gesehen. Ich wollte die Klischees mit der Wirklichkeit austreiben.

Ich bin getrampt und erinnere mich an eine Fahrt in einem Lastwagen, dessen Fahrer eine Flasche Bier nach der anderen leerte, und an einen Mercedes-Fahrer, der mit weißen Handschuhen steuerte. Hinter Straßburg hatte ich Glück; der Wagen fuhr nach Schirmeck, einer kleinen Stadt unweit vom Struthof.

Als ich dem Fahrer sagte, wohin genau ich unterwegs war, schwieg er. Ich sah zu ihm hinüber, konnte in seinem Gesicht aber nicht lesen, warum er mitten in lebhafter Unterhaltung plötzlich verstummt war. Er war mittleren Alters, hatte ein hageres Gesicht, ein dunkelrotes Mutter- oder Brandmal an der rechten Schläfe und strähnig gekämmtes, akkurat gescheiteltes schwarzes Haar. Er sah konzentriert auf die Straße.

Vor uns liefen die Vogesen in Hügeln aus. Wir fuhren durch Weinberge in ein sich weit öffnendes, sachte ansteigendes Tal. Links und rechts wuchs Mischwald die Hänge hinauf, manchmal gab's einen Steinbruch, eine backsteingemauerte Fabrikhalle mit gefaltetem Dach, ein altes Sanatorium, eine große Villa mit vielen Türmchen zwischen hohen Bäumen. Mal links, mal rechts begleitete uns eine Eisenbahnlinie.

Dann redete er wieder. Er fragte mich, warum ich den Struthof besuche, und ich erzählte vom Verfahren und von meinem Mangel an Anschauung.

»Ah, Sie wollen verstehen, warum Menschen so furchtbare Sachen machen können.« Er klang ein bißchen ironisch. Aber vielleicht war es auch nur die mundartliche Färbung von Stimme und Sprache. Ehe ich antworten konnte, redete er weiter. »Was wollen Sie eigentlich verstehen? Daß man aus Leidenschaft mordet, aus Liebe oder Haß oder für Ehre oder Rache, verstehen Sie?«

Ich nickte.

»Sie verstehen auch, daß man mordet, um reich zu werden oder mächtig? Daß man im Krieg mordet oder bei einer Revolution?«

Ich nickte wieder. »Aber…«

»Aber die, die in den Lagern gemordet wurden, hatten denen, die sie gemordet haben, nichts getan? Wollen Sie das sagen? Wollen Sie sagen, daß es keinen Grund zum Haß gab und keinen Krieg?«

Ich wollte nicht wieder nicken. Was er sagte, stimmte, aber nicht, wie er es sagte.

»Sie haben recht, es gab keinen Krieg und keinen Grund

zum Haß. Aber auch der Henker haßt den, den er hinrichtet, nicht und richtet ihn doch hin. Weil es ihm befohlen wurde? Sie denken, daß er es tut, weil es ihm befohlen wurde? Und Sie denken, daß ich jetzt von Befehl und Gehorsam rede und davon, daß den Mannschaften in den Lagern befohlen wurde und daß sie gehorchen mußten?« Er lachte verächtlich. »Nein, ich rede nicht von Befehl und Gehorsam. Der Henker befolgt keine Befehle. Er tut seine Arbeit, haßt die nicht, die er hinrichtet, rächt sich nicht an ihnen, bringt sie nicht um, weil sie ihm im Weg stehen oder ihn bedrohen oder angreifen. Sie sind ihm völlig gleichgültig. Sie sind ihm so gleichgültig, daß er sie ebensogut töten wie nicht töten kann.«

Er sah mich an. »Kein ›aber‹? Kommen Sie, sagen Sie, daß ein Mensch einem anderen so gleichgültig nicht sein darf. Haben Sie das nicht gelernt? Solidarität mit allem, was Menschenantlitz trägt? Würde des Menschen? Ehrfurcht vor dem Leben?«

Ich war empört und hilflos. Ich suchte nach einem Wort, einem Satz, der das, was er gesagt hatte, auslöschen und ihm die Sprache verschlagen würde.

»Ich habe einmal«, fuhr er fort, »eine Photographie von Erschießungen von Juden in Rußland gesehen. Die Juden warten nackt in einer langen Reihe, einige stehen am Rand einer Grube, und hinter ihnen stehen Soldaten mit Gewehren und schießen sie ins Genick. Das geschieht in einem Steinbruch, und über den Juden und Soldaten, auf einem Sims in der Wand, sitzt ein Offizier, läßt die Beine baumeln und raucht eine Zigarette. Er kuckt ein bißchen verdrießlich. Vielleicht geht es ihm nicht schnell genug voran. Er hat aber auch etwas Zufriedenes, sogar Vergnügtes im Gesicht, vielleicht weil immerhin das Tagwerk geschieht und bald Feierabend ist. Er haßt die Juden nicht. Er ist nicht…«

»Waren Sie das? Haben Sie auf dem Sims gesessen und…«

Er hielt an. Er war ganz bleich, und das Mal an seiner Schläfe leuchtete. »Raus!«

Ich stieg aus. Er wendete so, daß ich einen Sprung zur Seite machen mußte. Ich hörte ihn noch in den nächsten Kurven. Dann war es still.

Ich ging die Straße bergan. Kein Auto überholte mich, keines kam mir entgegen. Ich hörte Vögel, den Wind in den Bäumen, manchmal das Rauschen eines Bachs. Ich atmete erlöst. Nach einer Viertelstunde hatte ich das Konzentrationslager erreicht.

## 15

Ich bin unlängst noch mal hingefahren. Es war Winter, ein klarer, kalter Tag. Hinter Schirmeck war der Wald verschneit, weiß bepuderte Bäume und weiß bedeckter Boden. Das Gelände des Konzentrationslagers, ein längliches Areal auf abfallender Bergterrasse mit weitem Blick über die Vogesen, lag weiß in der hellen Sonne. Das graublau gestrichene Holz der zwei- und dreistöckigen Wachtürme und der einstöckigen Baracken kontrastierte freundlich mit dem Schnee. Gewiß, da gab es das maschendrahtverhauene Tor mit dem Schild »Konzentrationslager Struthof-Natzweiler« und den um das Lager laufenden doppelten Stacheldrahtzaun. Aber der Boden zwischen den verbliebenen Baracken, auf dem ursprünglich weitere Baracken dicht an dicht gedrängt standen, ließ unter der glitzernden Schneedecke vom Lager nichts mehr erkennen. Er hätte ein Rodelhang für Kinder sein können, die in den freundlichen Baracken mit den gemütlichen Sprossenfenstern Winterferien machen und gleich zu Kuchen und heißer Schokolade hereingerufen werden.

Das Lager war geschlossen. Ich stapfte durch den Schnee darum herum und holte mir nasse Füße. Ich konnte das ganze Gelände gut einsehen und erinnerte mich, wie ich es damals, bei meinem ersten Besuch, auf Stufen, die zwischen den Grundmauern der abgetragenen Baracken hinabführten, abgegangen war. Ich erinnerte mich auch an Krematoriumsöfen, die damals in einer Baracke gezeigt worden waren, und daran, daß eine andere Baracke ein Zellenbau gewesen war. Ich erinnerte mich an meinen damaligen vergeblichen Versuch, mir ein volles Lager und Häftlinge und Wachmannschaften und das Leiden konkret vorzustellen. Ich versuchte es wirklich, schaute auf eine Baracke, schloß die Augen und reihte Baracke an Baracke. Ich durchmaß eine Baracke, errechnete aus dem Prospekt die Belegung und stellte mir die Enge vor. Ich erfuhr, daß die Stufen zwischen den Baracken zugleich als Appellplatz dienten, und füllte sie beim Blick vom unteren zum oberen Ende des Lagers mit Reihen von Rücken. Aber es war alles vergeblich, und ich hatte das Gefühl kläglichen, beschämenden Versagens. Bei der Rückfahrt fand ich weiter unten am Hang ein kleines, einem Restaurant gegenüber gelegenes Haus als Gaskammer ausgewiesen. Es war weiß gestrichen, hatte sandsteingefaßte Türen und Fenster und hätte eine Scheune oder ein Schuppen sein können oder ein Wohngebäude für Dienstboten. Auch dieses Haus war geschlossen, und ich erinnerte mich nicht, damals im Inneren gewesen zu sein. Ich bin nicht ausgestiegen. Ich saß eine Weile bei laufendem Motor im Wagen und schaute. Dann fuhr ich weiter.

Zuerst scheute ich mich, auf dem Heimweg durch die Dörfer des Elsaß zu mäandern und ein Restaurant fürs Mittagessen zu suchen. Aber die Scheu verdankte sich nicht einer echten Empfindung, sondern Überlegungen, wie man sich nach dem Besuch eines Konzentrationslagers zu fühlen habe. Ich merkte es selbst, zuckte die Schultern und fand in einem Dorf am Hang der Vogesen das Restaurant »Au Petit Garçon«. Von meinem Tisch aus hatte ich den Blick in die Ebene. »Jungchen« hatte mich Hanna genannt.

Bei meinem ersten Besuch bin ich auf dem Gelände des Konzentrationslagers herumgelaufen, bis es schloß. Danach habe ich mich unter das Denkmal gesetzt, das oberhalb des Lagers steht, und auf das Gelände hinabgeschaut. In mir fühlte ich eine große Leere, als hätte ich nach der Anschauung nicht da draußen, sondern in mir gesucht und feststellen müssen, daß in mir nichts zu finden ist.

Dann wurde es dunkel. Ich mußte eine Stunde warten, bis mich ein kleiner offener Lastwagen auf die Ladefläche aufsitzen ließ und in das nächste Dorf mitnahm, und gab auf, am selben Tag zurückzutrampen. Ich fand ein billiges Zimmer in einem Dorfgasthof und aß in der Gaststube ein dünnes Steak mit Pommes frites und Erbsen.

An einem Nachbartisch spielten lärmend vier Männer Karten. Die Tür ging auf, und grußlos kam ein kleiner alter Mann herein. Er trug kurze Hosen und hatte ein Holzbein. An der Theke verlangte er Bier. Dem Nachbartisch kehrte er seinen Rücken und seinen viel zu großen kahlen Schädel zu. Die Kartenspieler legten die Karten hin, griffen in die Aschenbecher, nahmen die Kippen, warfen und trafen. Der Mann an der Theke flatterte mit den Händen um seinen Hinterkopf, als wolle er Fliegen abwehren. Der Wirt stellte ihm das Bier hin. Niemand sagte etwas.

Ich hielt es nicht aus, sprang auf und trat an den Nach-bartisch. »Hören Sie auf!« Ich zitterte vor Empörung. In dem Moment humpelte der Mann in hüpfenden Sprüngen heran, nestelte an seinem Bein, hatte das Holzbein plötz-lich in beiden Händen, schlug es krachend auf den Tisch, daß die Gläser und Aschenbecher tanzten, und ließ sich auf den freien Stuhl fallen. Dabei lachte er mit zahnlosem Mund ein quiekendes Lachen, und die anderen lachten mit, ein dröhnendes Bierlachen. »Hören Sie auf«, lachten sie und zeigten auf mich, »hören Sie auf.«

In der Nacht stürmte der Wind ums Haus. Mir war nicht kalt, und das Heulen des Winds, das Knarren des Baums vor dem Fenster und das gelegentliche Schlagen ei-nes Ladens waren nicht so laut, daß ich darum nicht hätte schlafen können. Aber ich wurde innerlich immer unru-higer, bis ich auch äußerlich am ganzen Körper zitterte. Ich hatte Angst, nicht als Erwartung eines schlimmen Ereignisses, sondern als körperliche Befindlichkeit. Ich lag da, hörte auf den Wind, war erleichtert, wenn er schwächer und leiser wurde, fürchtete sein erneutes An-schwellen und wußte nicht, wie ich am nächsten Morgen aufstehen, zurücktrampen, weiterstudieren und eines Ta-ges Beruf und Frau und Kinder haben sollte.

Ich wollte Hannas Verbrechen zugleich verstehen und verurteilen. Aber es war dafür zu furchtbar. Wenn ich versuchte, es zu verstehen, hatte ich das Gefühl, es nicht mehr so zu verurteilen, wie es eigentlich verurteilt gehör-te. Wenn ich es so verurteilte, wie es verurteilt gehörte, blieb kein Raum fürs Verstehen. Aber zugleich wollte ich Hanna verstehen; sie nicht zu verstehen, bedeutete, sie wieder zu verraten. Ich bin damit nicht fertiggeworden. Beidem wollte ich mich stellen: dem Verstehen und dem Verurteilen. Aber beides ging nicht.

Der nächste Tag war wieder ein wunderschöner Sommertag. Das Trampen ging leicht, und ich war in wenigen Stunden zurück. Ich lief durch die Stadt, als sei ich lange weggewesen; mir waren die Straßen und Häuser und Menschen fremd. Aber die fremde Welt der Konzentrationslager war mir darum nicht nähergerückt. Meine Eindrücke vom Struthof gesellten sich den wenigen Bildern von Auschwitz und Birkenau und Bergen-Belsen zu, die ich schon hatte, und erstarrten mit ihnen.

## 16

Ich bin dann doch noch zum Vorsitzenden Richter gegangen. Zu Hanna zu gehen schaffte ich nicht. Aber nichts zu tun hielt ich auch nicht aus.

Warum ich nicht schaffte, mit Hanna zu reden? Sie hatte mich verlassen, hatte mich getäuscht, war nicht die gewesen, die ich in ihr gesehen oder auch in sie hineinphantasiert hatte. Und wer war ich für sie gewesen? Der kleine Vorleser, den sie benutzt, der kleine Beischläfer, mit dem sie ihren Spaß gehabt hatte? Hätte sie mich auch ins Gas geschickt, wenn sie mich nicht hätte verlassen können, aber loswerden wollen?

Warum ich nicht aushielt, nichts zu tun? Ich sagte mir, ich müsse ein Fehlurteil verhindern. Ich müsse dafür sorgen, daß Gerechtigkeit geschieht, ungeachtet Hannas Lebenslüge, Gerechtigkeit sozusagen für und gegen Hanna. Aber es ging mir nicht wirklich um Gerechtigkeit. Ich konnte Hanna nicht lassen, wie sie war oder sein wollte. Ich mußte an ihr rummachen, irgendeine Art von Einfluß und Wirkung auf sie haben, wenn nicht direkt, dann indirekt.

Der Vorsitzende Richter kannte unsere Seminargruppe

und war gerne bereit, mich nach einer Sitzung zu einem Gespräch zu empfangen. Ich klopfte, wurde hereingerufen, begrüßt und aufgefordert, mich auf den Stuhl vor dem Schreibtisch zu setzen. Er saß in Hemdsärmeln hinter dem Schreibtisch. Die Robe hing über Rücken- und Seitenlehnen seines Stuhls; er hatte sich in der Robe hingesetzt und sie dann hinabgleiten lassen. Er wirkte entspannt, ein Mann, der sein Tagwerk vollbracht hat und damit zufrieden ist. Ohne den irritierten Gesichtsausdruck, hinter dem er sich während der Verhandlung verschanzte, hatte er ein nettes, intelligentes, harmloses Beamtengesicht. Er plauderte drauflos und fragte mich nach diesem und jenem. Was unsere Seminargruppe über das Verfahren denke, was unser Professor mit den Protokollen vorhabe, in welchem Semester wir seien, in welchem Semester ich sei, warum ich Jura studiere und wann ich Examen machen wolle. Ich solle mich auf keinen Fall zu spät zum Examen melden.

Ich beantwortete alle Fragen. Dann hörte ich ihm zu, wie er mir von seinem Studium und seinem Examen erzählte. Er hatte alles richtig gemacht. Er hatte zur rechten Zeit und mit gehörigem Erfolg die erforderlichen Übungen und Seminare und schließlich das Examen absolviert. Er war gerne Jurist und Richter, und wenn er, was er gemacht hatte, noch mal machen müßte, würde er es ebenso machen.

Das Fenster stand offen. Auf dem Parkplatz wurden Türen zugeschlagen und Motoren angelassen. Ich hörte den Wagen nach, bis ihr Geräusch vom Rauschen des Verkehrs geschluckt wurde. Dann spielten und lärmten Kinder auf dem leeren Parkplatz. Manchmal war ein Wort ganz deutlich zu vernehmen: ein Name, ein Schimpfwort, ein Zuruf.

Der Vorsitzende Richter stand auf und verabschiedete mich. Ich könne gerne wiederkommen, wenn ich weitere Fragen hätte. Auch wenn ich Rat im Studium bräuchte. Und unsere Seminargruppe solle ihn ihre Aus- und Bewertung des Verfahrens wissen lassen.

Ich ging über den leeren Parkplatz. Von einem größeren Jungen ließ ich mir den Weg zum Bahnhof beschreiben. Unsere Fahrgemeinschaft war gleich nach der Sitzung zurückgefahren, und ich mußte den Zug nehmen. Es war ein Feierabend- und Bummelzug; er hielt Station um Station, Leute stiegen ein und aus, ich saß am Fenster, umgeben von immer anderen Mitreisenden, Gesprächen, Gerüchen. Draußen zogen Häuser vorbei, Straßen, Autos, Bäume und in der Ferne die Berge, Burgen und Steinbrüche. Ich nahm alles wahr und fühlte nichts. Ich war nicht mehr gekränkt, von Hanna verlassen, getäuscht und benutzt worden zu sein. Ich mußte auch nicht mehr an ihr rummachen. Ich spürte, wie sich die Betäubung, unter der ich den Entsetzlichkeiten der Verhandlung gefolgt war, auf die Gefühle und Gedanken der letzten Wochen legte. Daß ich darüber froh gewesen wäre, wäre viel zuviel gesagt. Aber ich empfand, daß es richtig war. Daß es mir ermöglichte, in meinen Alltag zurückzukehren und in ihm weiterzuleben.

## 17

Ende Juni wurde das Urteil verkündet. Hanna bekam lebenslänglich. Die anderen bekamen zeitliche Freiheitsstrafen.

Der Gerichtssaal war voll wie zu Beginn der Verhandlung. Justizpersonal, Studenten meiner und der örtlichen Universität, eine Schulklasse, Journalisten aus dem In- und Ausland und die, die sich immer in Gerichtssälen einfinden. Es war laut. Als die Angeklagten hereingeführt wurden, achtete zunächst niemand auf sie. Aber dann verstummten die Besucher. Als erste wurden die still, die ihre Plätze vorne bei den Angeklagten hatten. Sie stießen ihre Nachbarn an und drehten sich zu denen um, die ihre Plätze hinter ihnen hatten. »Schaut doch«, tuschelten sie, und die, die schauten, wurden auch still, stießen ihre Nachbarn an, drehten sich zu ihren Hintermännern um und tuschelten »schaut doch«. Und schließlich war es ganz still im Gerichtssaal.

Ich weiß nicht, ob Hanna wußte, wie sie aussah, ob sie vielleicht sogar so aussehen wollte. Sie trug ein schwarzes Kostüm und eine weiße Bluse, und der Schnitt des Kostüms und die Krawatte zur Bluse ließen sie aussehen, als trage sie eine Uniform. Ich habe die Uniform der Frauen, die für die SS arbeiteten, nie gesehen. Aber ich meinte, und alle Besucher meinten, sie vor uns zu haben, die Uniform, die Frau, die in ihr für die SS arbeitete, die alles das tat, wessen Hanna angeklagt war.

Die Besucher fingen wieder zu tuscheln an. Viele waren hörbar empört. Sie fanden das Verfahren, das Urteil und auch sich, die sie zur Verkündung des Urteils gekommen waren, von Hanna verhöhnt. Sie wurden lauter, und einige riefen Hanna zu, was sie von ihr hielten. Bis das Gericht in den Saal kam und der Vorsitzende nach irritiertem Blick auf Hanna das Urteil verkündete. Hanna hörte stehend zu, in gerader Haltung und ohne jede Bewegung. Bei der Verlesung der Begründung des Urteils saß sie. Ich wandte den Blick nicht von ihrem Kopf und Nacken.

Die Verlesung dauerte mehrere Stunden. Als die Verhandlung beendet war und die Angeklagten abgeführt wurden, wartete ich, ob Hanna zu mir schauen würde. Ich saß da, wo ich immer gesessen hatte. Aber sie schaute geradeaus und durch alles hindurch. Ein hochmütiger, verletzter, verlorener und unendlich müder Blick. Ein Blick, der niemanden und nichts sehen will.

## DRITTER TEIL

1

Den Sommer nach dem Prozeß verbrachte ich im Lesesaal der Universitätsbibliothek. Ich kam, wenn der Lesesaal öffnete, und ging, wenn er schloß. An den Wochenenden lernte ich zu Hause. Ich lernte so ausschließlich, so besessen, daß die Gefühle und Gedanken, die der Prozeß betäubt hatte, betäubt blieben. Ich vermied Kontakte. Ich zog zu Hause aus und mietete ein Zimmer. Die wenigen Bekannten, die mich im Lesesaal oder bei gelegentlichen Kinobesuchen ansprachen, stieß ich zurück.

Im Wintersemester verhielt ich mich kaum anders. Trotzdem wurde ich gefragt, ob ich mit einer Gruppe von Studenten über Weihnachten auf eine Skihütte mitkommen wolle. Verwundert sagte ich zu.

Ich war kein guter Skifahrer. Aber ich fuhr gerne und schnell und hielt mit den guten Skifahrern mit. Manchmal riskierte ich bei Abfahrten, denen ich eigentlich nicht gewachsen war, Stürze und Brüche. Das tat ich bewußt. Das andere Risiko, das ich einging und das sich schließlich erfüllte, nahm ich überhaupt nicht wahr.

Mir war nie kalt. Während die anderen in Pullovern und Jacken Ski fuhren, fuhr ich im Hemd. Die anderen schüttelten darüber den Kopf, zogen mich damit auf. Aber auch ihre besorgten Warnungen nahm ich nicht ernst. Ich fror eben nicht. Als ich anfing zu husten, schob ich's auf die österreichischen Zigaretten. Als ich anfing zu fiebern, genoß ich den Zustand. Ich war schwach und zugleich leicht, und die Sinneseindrücke waren wohltuend gedämpft, wattig, füllig. Ich schwebte.

Dann bekam ich hohes Fieber und wurde ins Krankenhaus gebracht. Als ich es verließ, war die Betäubung vorbei. Alle Fragen, Ängste, Anklagen und Selbstvorwürfe, alles Entsetzen und aller Schmerz, die während des Prozesses aufgebrochen und gleich wieder betäubt worden waren, waren wieder da und blieben auch da. Ich weiß nicht, welche Diagnose Mediziner stellen, wenn jemand nicht friert, obwohl er frieren müßte. Meine eigene Diagnose ist, daß die Betäubung sich meiner körperlich bemächtigen mußte, ehe sie mich loslassen, ehe ich sie loswerden konnte.

Als ich das Studium beendet und das Referendariat begonnen hatte, kam der Sommer der Studentenbewegung. Ich interessierte mich für Geschichte und Soziologie und war als Referendar noch genug in der Universität, um alles mitzukriegen. Mitkriegen hieß nicht mitmachen – Hochschule und Hochschulreform waren mir letztlich ebenso gleichgültig wie Vietkong und Amerikaner. Was das dritte und eigentliche Thema der Studentenbewegung anging, die Auseinandersetzung mit der nationalsozialistischen Vergangenheit, spürte ich eine solche Distanz zu den anderen Studenten, daß ich nicht mit ihnen agitieren und demonstrieren wollte.

Manchmal denke ich, daß die Auseinandersetzung mit der nationalsozialistischen Vergangenheit nicht der Grund, sondern nur der Ausdruck des Generationenkonflikts war, der als treibende Kraft der Studentenbewegung zu spüren war. Die Erwartungen der Eltern, von denen sich jede Generation befreien muß, waren damit, daß diese Eltern im Dritten Reich oder spätestens nach dessen Ende versagt hatten, einfach erledigt. Wie sollten die, die die nationalsozialistischen Verbrechen begangen oder bei ihnen zugesehen oder von ihnen weggesehen oder die nach 1945 die Verbrecher unter sich toleriert oder sogar akzeptiert hatten, ihren Kindern etwas zu sagen haben. Aber andererseits war die nationalsozialistische Vergangenheit ein Thema auch für Kinder, die ihren Eltern nichts vorwerfen konnten oder wollten. Für sie war die Auseinandersetzung mit der nationalsozialistischen Vergangenheit nicht die Gestalt eines Generationenkonflikts, sondern das eigentliche Problem.

Was immer es mit Kollektivschuld moralisch und juristisch auf sich haben oder nicht auf sich haben mag – für meine Studentengeneration war sie eine erlebte Realität. Sie galt nicht nur dem, was im Dritten Reich geschehen war. Daß jüdische Grabsteine mit Hakenkreuzen beschmiert wurden, daß so viele alte Nazis bei den Gerichten, in der Verwaltung und an den Universitäten Karriere gemacht hatten, daß die Bundesrepublik den Staat Israel nicht anerkannte, daß Emigration und Widerstand weniger überliefert wurden als das Leben in der Anpassung – das alles erfüllte uns mit Scham, selbst wenn wir mit dem Finger auf die Schuldigen zeigen konnten. Der Fingerzeig auf die Schuldigen befreite nicht von der Scham. Aber er überwand das Leiden an ihr. Er setzte das passive Leiden an der Scham in Energie, Aktivität, Aggression um. Und die Auseinandersetzung mit schuldigen Eltern war besonders energiegeladen.

Ich konnte auf niemanden mit dem Finger zeigen. Auf meine Eltern schon darum nicht, weil ich ihnen nichts vorwerfen konnte. Der aufklärerische Eifer, in dem ich seinerzeit als Teilnehmer des KZ-Seminars meinen Vater zu Scham verurteilt hatte, war mir vergangen, peinlich geworden. Das aber, was andere aus meinem sozialen Umfeld getan hatten und womit sie schuldig geworden waren, war allemal weniger schlimm, als was Hanna getan hatte. Ich mußte eigentlich auf Hanna zeigen. Aber der Fingerzeig auf Hanna wies auf mich zurück. Ich hatte sie geliebt. Ich hatte sie nicht nur geliebt, ich hatte sie gewählt. Ich habe versucht, mir zu sagen, daß ich, als ich Hanna wählte, nichts von dem wußte, was sie getan hatte. Ich habe versucht, mich damit in den Zustand der Unschuld zu reden, in dem Kinder ihre Eltern lieben. Aber die Liebe zu den Eltern ist die einzige Liebe, für die man nicht verantwortlich ist.

Und vielleicht ist man sogar für die Liebe zu den Eltern verantwortlich. Damals habe ich die anderen Studenten beneidet, die sich von ihren Eltern und damit von der ganzen Generation der Täter, Zu- und Wegseher, Tolerierer und Akzeptierer absetzten und dadurch wenn nicht ihre Scham, dann doch ihr Leiden an der Scham überwanden. Aber woher kam die auftrumpfende Selbstgerechtigkeit, die mir bei ihnen so oft begegnete? Wie kann man

Schuld und Scham empfinden und zugleich selbstgerecht auftrumpfen? War die Absetzung von den Eltern nur Rhetorik, Geräusch, Lärm, die übertönen sollten, daß mit der Liebe zu den Eltern die Verstrickung in deren Schuld unwiderruflich eingetreten war?

Das sind spätere Gedanken. Auch später waren sie kein Trost. Wie sollte es ein Trost sein, daß mein Leiden an meiner Liebe zu Hanna in gewisser Weise das Schicksal meiner Generation, das deutsche Schicksal war, dem ich mich nur schlechter entziehen, das ich nur schlechter überspielen konnte als die anderen. Gleichwohl hätte es mir damals gutgetan, wenn ich mich meiner Generation hätte zugehörig fühlen können.

2

Ich habe als Referendar geheiratet. Gertrud und ich hatten uns auf der Skihütte kennengelernt, und als die anderen am Ende der Ferien zurückfuhren, blieb sie noch, bis ich aus dem Krankenhaus entlassen wurde und sie mich mitnehmen konnte. Auch sie war Juristin; wir studierten zusammen, bestanden zusammen das Examen und wurden zusammen Referendare. Wir heirateten, als Gertrud ein Kind erwartete.

Ich habe ihr nichts von Hanna erzählt. Wer will, dachte ich, von den früheren Beziehungen des anderen hören, wenn er nicht deren Erfüllung ist? Gertrud war gescheit, tüchtig und loyal, und wenn es unser Leben gewesen wäre, einen Bauernhof zu führen mit vielen Knechten und Mägden, vielen Kindern, viel Arbeit und ohne Zeit füreinander, wäre es erfüllt und glücklich geworden. Aber unser Leben waren eine Dreizimmerwohnung in einem Neubau in einem Vorort, unsere Tochter Julia und Gertruds und meine Arbeit als Referendare. Ich habe nie aufhören können, das Zusammensein mit Gertrud mit dem Zusammensein mit Hanna zu vergleichen, und immer wieder hielten Gertrud und ich uns im Arm und hatte ich das

Gefühl, daß es nicht stimmt, daß sie nicht stimmt, daß sie sich falsch anfaßt und anfühlt, daß sie falsch riecht und schmeckt. Ich dachte, es würde sich verlieren. Ich hoffte, es würde sich verlieren. Ich wollte von Hanna frei sein. Aber das Gefühl, daß es nicht stimmt, hat sich nie verloren.

Als Julia fünf war, haben wir uns scheiden lassen. Wir konnten beide nicht mehr, sind ohne Bitterkeit gegangen und in Loyalität verbunden geblieben. Gequält hat mich, daß wir Julia die Geborgenheit verweigerten, die sie sich spürbar wünschte. Wenn Gertrud und ich einander vertraut und zugetan waren, schwamm Julia darin wie ein Fisch im Wasser. Sie war in ihrem Element. Wenn sie Spannungen zwischen uns merkte, lief sie vom einen zum anderen und versicherte, wir seien lieb und sie habe uns lieb. Sie wünschte sich ein Brüderchen und hätte sich wohl auch über mehr Geschwister gefreut. Sie begriff lange nicht, was Scheidung bedeutet, und wollte, wenn ich zu Besuch kam, daß ich bleibe, und wenn sie mich besuchte, daß Gertrud mitkommt. Wenn ich ging und sie aus dem Fenster sah und ich unter ihrem traurigen Blick ins Auto stieg, brach es mir das Herz. Und ich hatte das Gefühl, daß das, was wir ihr verweigerten, nicht nur ihr Wunsch war, sondern daß sie ein Recht darauf hatte. Wir haben sie um ihr Recht betrogen, indem wir uns haben scheiden lassen, und daß wir es gemeinsam taten, hat die Schuld nicht halbiert.

Meine späteren Beziehungen habe ich besser an- und einzugehen versucht. Ich habe mir eingestanden, daß eine Frau sich ein bißchen wie Hanna anfassen und anfühlen, ein bißchen wie sie riechen und schmecken muß, damit unser Zusammensein stimmt. Und ich habe von Hanna erzählt. Ich habe den anderen Frauen auch mehr von mir erzählt, als ich Gertrud erzählt hatte; sie sollten sich ihren Reim auf das machen können, was ihnen an meinem Verhalten und meinen Stimmungen befremdlich erscheinen mochte. Aber viel wollten die Frauen nicht hören. Ich erinnere mich an Helen, eine amerikanische Literaturwissenschaftlerin, die mir wortlos begütigend über den Rücken strich, als ich erzählte, und ebenso wortlos begütigend weiterstrich, als ich zu erzählen aufhörte. Gesina, eine Psychoanalytikerin, meinte, ich müsse mein Verhältnis zu meiner Mutter aufarbeiten. Falle mir nicht auf, daß meine Mutter in meiner Geschichte kaum vorkomme? Hilke, eine Zahnärztin, fragte immer wieder nach der Zeit, bevor wir zusammengekommen waren, aber vergaß alsbald, was ich ihr erzählte. So gab ich das Erzählen wieder auf. Weil die Wahrheit dessen, was man redet, das ist, was man tut, kann man das Reden auch lassen.

## 3

Als ich mein zweites Examen schrieb, starb der Professor, der das KZ-Seminar veranstaltet hatte. Gertrud stieß in der Zeitung auf die Todesanzeige. Die Beerdigung war auf dem Bergfriedhof. Ob ich nicht hingehen wolle?

Ich wollte nicht. Die Beerdigung war an einem Donnerstagnachmittag, und am Donnerstag- und Freitagvormittag hatte ich Klausuren zu schreiben. Auch waren der Professor und ich einander nicht besonders nah gewesen. Und ich mochte Beerdigungen nicht. Und ich mochte nicht an den Prozeß erinnert werden.

Aber es war schon zu spät. Die Erinnerung war geweckt, und als ich am Donnerstag aus der Klausur kam, war mir, als hätte ich eine Verabredung mit der Vergangenheit, die ich nicht versäumen durfte.

Ich bin, was ich sonst nicht tat, mit der Straßenbahn gefahren. Schon das war eine Begegnung mit der Vergangenheit, wie die Rückkehr an einen Ort, der einem vertraut war und der sein Gesicht verändert hat. Als Hanna bei der Straßenbahn war, gab es Straßenbahnzüge mit zwei oder drei Wagen, Plattformen am Wagenanfang und -ende, Trittbretter an den Plattformen, auf die man noch aufspringen konnte, wenn der Zug schon abgefahren war, und eine durch den Zug laufende Schnur, mit der der Schaffner klingelnd das Signal zur Abfahrt gab. Im Sommer fuhren Straßenbahnwagen mit offenen Plattformen. Der Schaffner verkaufte, lochte und kontrollierte die Fahrscheine, rief die Stationen aus, signalisierte die Abfahrten, hatte ein Auge auf die Kinder, die sich auf den Plattformen drängten, schimpfte mit den Fahrgästen, die auf- und absprangen, und verwehrte den Zutritt, wenn der Wagen voll war. Es gab lustige, witzige, ernste, muffige und grobe Schaffner, und wie das Temperament oder die Stimmung des Schaffners war oft auch die Atmosphäre im Wagen. Wie töricht, daß ich mich nach der mißlungenen Überraschung auf der Fahrt nach Schwetzingen gescheut habe, Hanna als Schaffnerin abzupassen und mitzuerleben.

Ich stieg in den schaffnerlosen Straßenbahnzug und fuhr zum Bergfriedhof. Es war ein kalter Herbsttag mit wolkenlosem, dunstigem Himmel und gelber Sonne, die nicht mehr wärmt und in die das Auge schauen kann, ohne daß es weh tut. Ich mußte eine Weile suchen, bis ich das Grab, an dem auch die Beerdigungsfeierlichkeiten stattfanden, gefunden hatte. Ich lief unter hohen, kahlen Bäumen zwischen alten Grabsteinen. Gelegentlich begegnete ich einem Friedhofsgärtner oder einer alten Frau mit Gießkanne und Gartenschere. Es war ganz still, und ich hörte schon von weitem das Kirchenlied, das am Grab des Professors gesungen wurde.

Ich blieb abseits stehen und musterte die kleine Trauergemeinde. Manche darunter waren offensichtlich Eigenbrötler und Sonderlinge. In den Reden über Leben und Werk des Professors klang an, daß er selbst sich den Zwängen der Gesellschaft entzogen und dabei den Kontakt mit ihr verloren hatte, eigenständig geblieben und dabei eigenbrötlerisch geworden war.

Ich erkannte einen ehemaligen Teilnehmer des KZ-Seminars; er hatte vor mir Examen gemacht, war zunächst Anwalt geworden und dann Kneipier und kam in langem, rotem Mantel. Er sprach mich an, als alles vorbei und ich auf dem Rückweg zum Friedhofseingang war. »Wir waren zusammen im Seminar – erinnerst du dich nicht mehr?«

»Doch.« Wir gaben uns die Hand.

»Ich war immer mittwochs im Prozeß, und manchmal habe ich dich im Auto mitgenommen.« Er lachte. »Du warst jeden Tag dabei, jeden Tag und jede Woche. Sagst du jetzt, warum?« Er sah mich an, gutmütig und lauernd, und ich erinnerte mich, daß mir dieser Blick schon im Seminar aufgefallen war.

»Mich hat der Prozeß besonders interessiert.«

»Dich hat der Prozeß besonders interessiert?« Er lachte wieder. »Der Prozeß oder die Angeklagte, die du immer angestarrt hast? Die eine, die ganz passabel aussah? Wir alle haben uns gefragt, was mit dir und ihr ist, aber dich fragen hat sich keiner getraut. Wir waren damals furchtbar einfühlsam und rücksichtsvoll. Weißt du noch…« Er erinnerte an einen anderen Seminarteilnehmer, der stotterte oder lispelte und viel und dumm redete und dem wir zuhörten, als seien seine Worte eitel Gold. Er kam auf weitere Seminarteilnehmer zu sprechen, wie sie damals waren und was sie heute machten. Er erzählte und erzählte. Aber ich wußte, daß er mich am Ende noch mal fragen würde: »So, und was war jetzt mit dir und der einen Angeklagten?« Und ich wußte nicht, was ich antworten, wie ich verleugnen, bekennen, ausweichen sollte.

Dann waren wir am Friedhofseingang, und er fragte. An der Haltestelle fuhr gerade die Straßenbahn an, und ich rief »Tschüß« und rannte los, als könne ich aufs Trittbrett springen, und rannte neben der Bahn her und schlug mit der flachen Hand an die Tür, und es passierte, woran ich gar nicht geglaubt, worauf ich gar nicht gehofft hatte. Die Straßenbahn hielt noch mal an, die Tür ging auf, und ich stieg ein.

## 4

Nach dem Referendariat mußte ich mich für einen Beruf entscheiden. Ich ließ mir eine Weile Zeit; Gertrud fing sofort als Richterin an, hatte alle Hände voll zu tun, und wir waren froh, daß ich zu Hause bleiben und mich um Julia kümmern konnte. Als Gertrud die Schwierigkeiten des Anfangs überwunden hatte und Julia in den Kindergarten kam, drängte die Entscheidung.

Ich tat mich schwer. Ich sah mich in keiner der Rollen, in denen ich beim Prozeß gegen Hanna Juristen erlebt hatte. Anklagen kam mir als ebenso groteske Vereinfachung vor wie Verteidigen, und Richten war unter den Vereinfachungen überhaupt die grotesteste. Ich konnte mich auch nicht als Verwaltungsbeamten sehen; ich hatte als Referendar auf dem Landratsamt gearbeitet und dessen Zimmer, Korridore, Geruch und Bedienstete grau, steril und trist gefunden.

Das ließ nicht mehr viele juristische Berufe übrig, und ich weiß nicht, was ich gemacht hätte, wenn ein Professor für Rechtsgeschichte mir nicht angeboten hätte, bei ihm zu arbeiten. Gertrud sagte, das sei eine Flucht, eine Flucht vor der Herausforderung und Verantwortung des Lebens, und sie hatte recht. Ich floh und war erleichtert, fliehen zu können. Es sei ja nicht für immer, sagte ich ihr und mir; ich sei jung genug, um auch nach ein paar Jahren Rechtsgeschichte noch jeden handfesten juristischen Beruf zu ergreifen. Aber es war für immer; der ersten Flucht folgte die nächste, als ich von der Universität an eine Forschungseinrichtung wechselte und dort eine Nische suchte und fand, in der ich meinen rechtsgeschichtlichen Interessen nachgehen konnte, niemanden brauchte und niemanden störte.

Nun ist Flucht nicht nur weglaufen, sondern auch ankommen. Und die Vergangenheit, in der ich als Rechtshistoriker ankam, war nicht weniger lebensvoll als die Gegenwart. Es ist auch nicht so, wie der Außenstehende vielleicht annehmen möchte, daß man die vergangene Lebensfülle nur beobachtet, während man an der gegenwärtigen teilnimmt. Geschichte treiben heißt Brücken zwischen Vergangenheit und Gegenwart schlagen und beide Ufer beobachten und an beiden tätig werden. Eines meiner Forschungsgebiete wurde das Recht im Dritten Reich, und hier ist besonders augenfällig, wie Vergangenheit und Gegenwart in eine Lebenswirklichkeit zusammenschießen. Flucht ist hier nicht die Beschäftigung mit der Vergangenheit, sondern gerade die entschlossene Konzentration auf Gegenwart und Zukunft, die blind ist für das Erbe der Vergangenheit, von dem wir geprägt sind und mit dem wir leben müssen.

Dabei will ich nicht die Befriedigung verhehlen, die ich dem Eintauchen in Vergangenheiten verdanke, deren Bedeutung für die Gegenwart geringer ist. Das erstemal habe ich sie empfunden, als ich über Gesetzeswerke und -entwürfe der Aufklärung arbeitete. Getragen waren sie von dem Glauben, daß in der Welt eine gute Ordnung angelegt ist und daß die Welt daher auch in eine gute Ordnung gebracht werden kann. Zu sehen, wie aus diesem Glauben Paragraphen als feierliche Wächter der guten Ordnung geschaffen und zu Gesetzen gefügt wurden, die schön sein und mit ihrer Schönheit den Beweis für ihre Wahrheit antreten wollten, hat mich beglückt. Lange glaubte ich, daß es einen Fortschritt in der Geschichte des Rechts gibt, trotz furchtbarer Rückschläge und -schritte eine Entwicklung zu mehr Schönheit und Wahrheit, Rationalität und Humanität. Seit mir klar ist, daß dieser Glaube eine Schimäre ist, spiele ich mit einem anderen Bild vom Gang der Rechtsgeschichte. Darin ist er zwar zielgerichtet, aber das Ziel, bei dem er nach vielfältigen Erschütterungen, Verwirrungen und Verblendungen ankommt, ist der Anfang, von dem er ausgegangen ist und von dem er, kaum angekommen, erneut ausgehen muß.

Ich las damals die Odyssee wieder, die ich erstmals in der Schule gelesen und als die Geschichte einer Heimkehr in Erinnerung behalten hatte. Aber es ist nicht die Geschichte einer Heimkehr. Wie sollten die Griechen, die wissen, daß man nicht zweimal in denselben Fluß steigt, auch an Heimkehr glauben. Odysseus kehrt nicht zurück, um zu bleiben, sondern um erneut aufzubrechen. Die Odyssee ist die Geschichte einer Bewegung, zugleich zielgerichtet und ziellos, erfolgreich und vergeblich. Was ist die Geschichte des Rechts anderes!

5

Mit der Odyssee habe ich angefangen. Ich las sie, nachdem
Gertrud und ich uns getrennt hatten. In vielen Nächten
konnte ich nur wenige Stunden schlafen; ich lag wach, und
wenn ich das Licht anmachte und ein Buch zur Hand
nahm, fielen mir die Augen zu, und wenn ich das Buch
weglegte und das Licht ausschaltete, war ich wieder wach.
So las ich laut. Dabei fielen mir die Augen nicht zu. Und
weil im wirren, von Erinnerungen und Träumen durch-
setzten, in quälenden Zirkeln kreisenden, halbwachen
Nachdenken über meine Ehe und meine Tochter und mein
Leben Hanna immer wieder dominierte, las ich für
Hanna. Ich las für Hanna auf Kassetten.

Bis ich die Kassetten abschickte, dauerte es mehrere
Monate. Zuerst wollte ich keine Teile schicken und wartete, bis ich die ganze Odyssee aufgenommen hatte. Dann
wurde mir fraglich, ob Hanna die Odyssee hinreichend
interessant finden würde, und ich nahm auf, was ich nach
der Odyssee las, Erzählungen von Schnitzler und Tschechow. Dann schob ich vor mir her, bei dem Gericht anzu-
rufen, von dem Hanna verurteilt worden war, und her-
auszufinden, wo sie ihre Strafe verbüßte. Schließlich hatte

ich alles zusammen, Hannas Adresse in einem Gefängnis in der Nähe der Stadt, in der ihr der Prozeß gemacht und sie verurteilt worden war, ein Kassettengerät und die Kassetten, von Tschechow über Schnitzler zu Homer numeriert. Und schließlich schickte ich das Paket mit dem Kassettengerät und den Kassetten auch ab.

Ich habe unlängst das Heft gefunden, in das ich eintrug, was ich für Hanna im Lauf der Jahre aufgenommen habe. Die ersten zwölf Titel sind offensichtlich gleichzeitig notiert; ich habe wohl zunächst drauflosgelesen und dann gemerkt, daß ich ohne Notizen nicht behalte, was ich schon gelesen habe. Bei den folgenden Titeln findet sich manchmal ein Datum, manchmal keines, aber auch ohne Daten weiß ich, daß ich Hanna die erste Sendung im achten und die letzte im achtzehnten Jahr ihrer Haft geschickt habe. Im achtzehnten Jahr wurde ihrem Gnadengesuch stattgegeben.

Weithin las ich Hanna vor, was ich selbst gerade lesen mochte. Bei der Odyssee fiel es mir anfangs nicht leicht, beim lauten Vorlesen so konzentriert aufzunehmen wie beim leisen Lesen für mich. Das gab sich. Als Nachteil des Vorlesens blieb, daß es länger dauerte. Aber dafür haftete das Vorgelesene auch besser im Gedächtnis. Noch heute erinnere ich mich an manches besonders deutlich.

Ich las aber auch vor, was ich schon kannte und liebte. So bekam Hanna viel Keller und Fontane zu hören, Heine und Mörike. Lange wagte ich mich nicht ans Vorlesen von Gedichten, aber dann machte es mir viel Spaß, und ich lernte eine ganze Reihe der vorgelesenen Gedichte auswendig. Ich kann sie noch heute aufsagen.

Insgesamt weisen die Titel des Hefts ein großes bildungsbürgerliches Urvertrauen aus. Ich erinnere mich auch nicht, mir jemals die Frage gestellt zu haben, ob ich über Kafka, Frisch, Johnson, Bachmann und Lenz hinausgehen und experimentelle Literatur, Literatur, in der ich die Geschichte nicht erkenne und keine der Personen mag, vorlesen sollte. Es verstand sich für mich, daß experimentelle Literatur mit dem Leser experimentiert, und das brauchten weder Hanna noch ich.

Als ich selbst zu schreiben begann, las ich ihr auch das vor. Ich wartete, bis ich mein handschriftliches Manuskript diktiert, das maschinenschriftliche überarbeitet und das Gefühl hatte, jetzt sei es fertig. Beim Vorlesen merkte ich, ob das Gefühl stimmte. Wenn nicht, konnte ich alles noch mal überarbeiten und eine neue Aufnahme über die alte spielen. Aber ich machte das nicht gerne. Ich wollte mit dem Vorlesen abschließen. Hanna wurde die Instanz, für die ich noch mal alle meine Kräfte, alle meine Kreativität, alle meine kritische Phantasie bündelte. Danach konnte ich das Manuskript an den Verlag schicken.

Ich habe auf den Kassetten keine persönlichen Bemerkungen gemacht, nicht nach Hanna gefragt, nicht von mir berichtet. Ich las den Titel vor, den Namen des Autors und den Text. Wenn der Text zu Ende war, wartete ich einen Moment, klappte das Buch zu und drückte die Stop-Taste.

6

Im vierten Jahr unseres wortreichen, wortkargen Kontakts kam ein Gruß. »Jungchen, die letzte Geschichte war besonders schön. Danke. Hanna.«

Das Papier war liniert, eine aus einem Schreibheft herausgerissene und glattgeschnittene Seite. Der Gruß stand ganz oben und füllte drei Zeilen. Er war mit blauem, schmierendem Kugelschreiber geschrieben. Hanna hatte den Stift mit viel Kraft geführt; die Schrift drückte auf die Rückseite durch. Auch die Adresse hatte sie mit viel Kraft geschrieben; der Abdruck fand sich lesbar auf der unteren und auf der oberen Hälfte des in der Mitte gefalteten Papiers.

Auf den ersten Blick hätte man meinen können, es sei eine Kinderschrift. Aber was an der Schrift von Kindern ungelenk und unbeholfen ist, war hier gewaltsam. Man sah den Widerstand, den Hanna überwinden mußte, um die Linien zu Buchstaben und die Buchstaben zu Wörtern zu fügen. Die Kinderhand will hierhin und dorthin abschweifen und muß in der Bahn der Schrift gehalten werden. Hannas Hand wollte nirgendwohin und mußte vorangezwungen werden. Die Linien, die die Buchstaben formten, setzten immer wieder neu an, beim Aufstrich, beim Abstrich, vor den Bogen und Schleifen. Und jeder Buchstabe war neu erkämpft und hatte eine neue Schräg- oder Steilrichtung, oft auch eine falsche Höhe und Breite.

Ich las den Gruß und war erfüllt von Freude und Jubel. »Sie schreibt, sie schreibt!« Was immer ich in all den Jahren über Analphabetismus hatte finden können, hatte ich gelesen. Ich wußte von der Hilflosigkeit bei alltäglichen Lebensvollzügen, beim Finden eines Wegs und einer Adresse oder beim Wählen eines Gerichts im Restaurant, von der Ängstlichkeit, mit der der Analphabet vorgegebenen Mustern und bewährten Routinen folgt, von der Energie, die das Verbergen der Lese- und Schreibunfähigkeit erfordert und vom eigentlichen Leben abzieht. Analphabetismus ist Unmündigkeit. Indem Hanna den Mut gehabt hatte, lesen und schreiben zu lernen, hatte sie den Schritt aus der Unmündigkeit zur Mündigkeit getan, einen aufklärerischen Schritt.

Dann betrachtete ich Hannas Schrift und sah, wieviel Kraft und Kampf sie das Schreiben gekostet hatte. Ich war stolz auf sie. Zugleich war ich traurig über sie, traurig über ihr verspätetes und verfehltes Leben, traurig über die Verspätungen und Verfehlungen des Lebens insgesamt. Ich dachte, wenn die rechte Zeit verpaßt ist, wenn einer etwas zu lange verweigert hat, wenn einem etwas zu lange verweigert wurde, kommt es zu spät, selbst wenn es schließlich mit Kraft angegangen und mit Freude empfangen wird. Oder gibt es »zu spät« nicht, gibt es nur »spät«, und ist »spät« allemal besser als »nie«? Ich weiß es nicht.

Nach dem ersten Gruß kamen die nächsten in steter

Folge. Immer waren es wenige Zeilen, ein Dank, ein Wunsch, vom selben Autor mehr oder auch nichts mehr zu hören, eine Bemerkung über einen Autor oder ein Gedicht oder eine Geschichte oder eine Person aus einem Roman, eine Beobachtung aus dem Gefängnis. »Im Hof blühen schon die Forsythien« oder »ich mag, daß es in diesem Sommer so viele Gewitter gibt« oder »aus dem Fenster sehe ich, wie sich die Vögel zum Flug nach Süden sammeln« – oft haben mich erst Hannas Mitteilungen die Forsythien, Sommergewitter oder Vogelscharen wahrnehmen lassen. Ihre Bemerkungen über Literatur trafen oft erstaunlich genau. »Schnitzler bellt, Stefan Zweig ist ein toter Hund« oder »Keller braucht eine Frau« oder »die Gedichte von Goethe sind wie kleine Bilder in schönen Rahmen« oder »Lenz schreibt sicher auf der Schreibmaschine«. Da sie über die Autoren nichts wußte, setzte sie sie als Zeitgenossen voraus, solange es sich nicht eindeutig verbot. Ich war verblüfft, wieviel ältere Literatur sich in der Tat lesen läßt, als sei sie heutig, und wer nichts über Geschichte weiß, kann erst recht in den Lebensumständen früherer Zeiten einfach die Lebensumstände ferner Gegenden sehen.

Ich habe Hanna nie geschrieben. Aber ich habe ihr immer weiter vorgelesen. Als ich ein Jahr in Amerika verbrachte, schickte ich von dort Kassetten. Wenn ich in Urlaub fuhr oder besonders viel Arbeit hatte, konnte es länger dauern, bis die nächste Kassette fertig wurde; ich habe keinen festen Rhythmus etabliert, sondern Kassetten mal wöchentlich oder vierzehntäglich und mal auch erst nach drei oder vier Wochen geschickt. Daß Hanna jetzt, nachdem sie selbst lesen gelernt hatte, meine Kassetten nicht mehr brauchen könnte, hat mich nicht beschäftigt. Mochte sie außerdem lesen. Das Vorlesen war meine Art, zu ihr, mit ihr zu sprechen.

Ich habe alle ihre Grüße aufgehoben. Die Schrift wandelt sich. Zuerst zwingt sie die Buchstaben in die gleiche Schrägrichtung und in die richtige Höhe und Breite. Nachdem sie das geschafft hat, kann sie leichter und sicherer werden. Flüssig wird sie nie. Aber sie gewinnt etwas von der strengen Schönheit, die den Schriften alter Leute eignet, die im Leben wenig geschrieben haben.

7

Ich habe mir damals keine Gedanken darüber gemacht, daß Hanna eines Tages entlassen würde. Der Austausch von Grüßen und Kassetten war so normal und vertraut und Hanna mir auf so freie Weise sowohl nah als auch fern, daß ich den Zustand hätte fort- und fortdauern lassen können. Das war bequem und egoistisch, ich weiß.

Dann kam der Brief der Leiterin des Gefängnisses.

»Seit Jahren stehen Frau Schmitz und Sie in brieflichem Austausch. Es ist der einzige Kontakt, den Frau Schmitz nach draußen hat, und so wende ich mich an Sie, obwohl ich nicht weiß, wie eng Sie verbunden und ob Sie Verwandter oder Freund sind.

Nächstes Jahr wird Frau Schmitz wieder ein Gnadengesuch stellen, und ich gehe davon aus, daß der Gnadenausschuß ihm stattgeben wird. Sie wird dann bald entlassen werden – nach achtzehn Jahren Haft. Natürlich können wir ihr Wohnung und Arbeit besorgen bzw. zu besorgen versuchen; mit Arbeit wird es in ihrem Alter schwierig werden, auch wenn sie noch völlig gesund ist und in unserer Näherei großes Geschick zeigt. Aber besser, als wenn wir uns darum kümmern, ist es, wenn Verwandte oder Freunde es tun und die Entlassene in ihrer Nähe haben und begleiten und stützen. Sie können sich nicht vorstellen, wie einsam und hilflos man nach achtzehn Jahren Haft draußen sein kann.

Frau Schmitz kann sich ziemlich gut selbst helfen und kommt auch allein zurecht. Es wäre ausreichend, wenn Sie ihr eine kleine Wohnung und Arbeit fänden, sie in den ersten Wochen und Monaten gelegentlich besuchen und einladen könnten und sich darum kümmerten, daß sie von den Angeboten der Kirchengemeinde, Volkshochschule, Familienbildungsstätte usw. erfährt. Außerdem ist es nicht leicht, nach achtzehn Jahren erstmals in die Stadt zu gehen, einzukaufen, bei Behörden vorzusprechen, ein Restaurant aufzusuchen. Es macht sich in Begleitung leichter.

Ich habe bemerkt, daß Sie Frau Schmitz nicht besuchen. Täten Sie es, dann würde ich Ihnen nicht schreiben, sondern Sie anläßlich eines Besuchs zu einem Gespräch bitten. Nun geht es nicht anders, als daß Sie sie vor ihrer Entlassung besuchen. Bitte schauen Sie bei dieser Gelegenheit doch bei mir vorbei.«

Der Brief schloß mit herzlichen Grüßen, die ich nicht auf mich, sondern darauf bezog, daß der Leiterin das Anliegen ein Herzensanliegen war. Ich hatte schon von ihr gehört; ihre Anstalt galt als außergewöhnlich, und ihre Stimme hatte in Fragen der Reform des Strafvollzugs Gewicht. Mir gefiel ihr Brief.

Aber mir gefiel nicht, was auf mich zukam. Natürlich mußte ich mich um Arbeit und Wohnung kümmern und habe es auch getan. Freunde, die die Einliegerwohnung in ihrem Haus weder benutzten noch vermieteten, waren bereit, sie für eine geringe Miete Hanna zu überlassen. Der griechische Schneider, bei dem ich gelegentlich Kleider ändern ließ, wollte Hanna beschäftigen; seine Schwester, die die Schneiderei mit ihm zusammen betrieb, zog es zurück nach Griechenland. Ich habe mich auch schon lange, bevor Hanna etwas damit anfangen konnte, um die sozialen und Bildungsangebote kirchlicher und weltlicher Einrichtungen gekümmert. Aber den Besuch bei Hanna schob ich vor mir her.

Gerade weil sie mir auf so freie Weise sowohl nah als auch fern war, wollte ich sie nicht besuchen. Ich hatte das Gefühl, sie könne, was sie mir war, nur in der realen Distanz sein. Ich hatte Angst, die kleine, leichte, geborgene Welt der Grüße und Kassetten sei zu künstlich und zu verletzlich, als daß sie die reale Nähe aushalten könnte. Wie sollten wir uns von Angesicht zu Angesicht begegnen, ohne daß alles hochkam, was zwischen uns geschehen war.

So ging das Jahr dahin, ohne daß ich im Gefängnis gewesen wäre. Von der Leiterin des Gefängnisses habe ich lange nichts gehört; ein Brief, in dem ich von der Wohnungs- und Arbeitssituation berichtete, die Hanna erwartete, blieb unbeantwortet. Sie rechnete wohl damit, mich anläßlich meines Besuchs bei Hanna zu sprechen. Sie konnte nicht wissen, daß ich diesen Besuch nicht nur hinausschob, sondern mich vor ihm drückte. Aber schließlich fiel die Entscheidung, daß Hanna begnadigt und entlassen werden sollte, und die Leiterin rief mich an. Ob ich jetzt kommen könne? In einer Woche komme Hanna raus.

8

Am nächsten Sonntag war ich bei ihr. Es war mein erster Besuch in einem Gefängnis. Ich wurde am Eingang kontrolliert, und auf dem Weg wurden mehrere Türen auf- und zugeschlossen. Aber der Bau war neu und hell, und im inneren Bereich standen die Türen auf und bewegten die Frauen sich frei. Am Ende des Gangs ging eine Tür ins Freie, auf eine belebte kleine Wiese mit Bäumen und Bänken. Ich sah mich suchend um. Die Wärterin, die mich geführt hatte, zeigte auf eine nahe Bank im Schatten einer Kastanie.

Hanna? Die Frau auf der Bank war Hanna? Graue Haare, ein Gesicht mit tiefen senkrechten Furchen in der Stirn, in den Backen, um den Mund und ein schwerer Leib. Sie trug ein zu enges, an Brust, Bauch und Schenkeln spannendes hellblaues Kleid. Ihre Hände lagen im Schoß und hielten ein Buch. Sie las nicht darin. Über den Rand ihrer Lese-Halbbrille schaute sie einer Frau zu, die ein paar Spatzen Brotkrume um Brotkrume vorwarf. Dann merkte sie, daß sie beobachtet wurde, und wandte mir ihr Gesicht zu.

Ich sah die Erwartung in ihrem Gesicht, sah es in

Freude aufglänzen, als sie mich erkannte, sah ihre Augen mein Gesicht abtasten, als ich näher kam, sah ihre Augen suchen, fragen, unsicher und verletzt schauen und sah ihr Gesicht erlöschen. Als ich bei ihr war, lächelte sie ein freundliches, müdes Lächeln. »Du bist groß geworden, Jungchen.« Ich setzte mich neben sie, und sie nahm meine Hand.

Ich hatte ihren Geruch früher besonders geliebt. Sie roch immer frisch: frisch gewaschen oder nach frischer Wäsche oder nach frischem Schweiß oder frisch geliebt. Manchmal nahm sie Parfum, ich weiß nicht, was für eines, und auch dessen Duft war mehr als alles andere frisch. Unter diesen frischen Gerüchen lag noch ein anderer, ein schwerer, dunkler, herber Geruch. Oft habe ich an ihr geschnüffelt wie ein neugieriges Tier, habe an Hals und Schultern angefangen, die frisch gewaschen rochen, habe zwischen den Brüsten den frischen Schweißgeruch eingesogen, der sich in den Achselhöhlen mit dem anderen Geruch mischte, fand diesen schweren, dunklen Geruch um Taille und Bauch fast pur und zwischen den Beinen in einer fruchtigen Färbung, die mich erregte, habe auch ihre Beine und Füße beschnuppert, die Schenkel, an denen sich der schwere Geruch verlor, die Kniekehlen, noch mal mit leichtem frischem Schweißgeruch, und die Füße, mit dem Geruch von Seife oder Leder oder Müdigkeit. Rücken und Arme hatten keinen besonderen Geruch, rochen nach nichts und rochen doch nach ihr, und in den Handflächen war der Duft des Tages und der Arbeit: die Druckerschwärze der Fahrscheine, das Metall der Zange, Zwiebel oder Fisch oder gebratenes Fett, Waschlauge oder Bügelhitze. Werden sie gewaschen, verraten Hände zunächst nichts von alledem. Aber die Seife hat die Gerüche nur überdeckt, und nach einer Weile sind sie wieder da, schwach, verschmolzen in einen einzigen Tages- und Arbeitsduft, in den Duft des Tages- und Arbeitsendes, des Abends, der Heimkehr und des Daheimseins.

Ich saß neben Hanna und roch eine alte Frau. Ich weiß nicht, was diesen Geruch ausmacht, den ich von Großmüttern und alten Tanten kenne und der in Altersheimen in den Zimmern und Fluren hängt wie ein Fluch. Hanna war zu jung für ihn.

Ich rückte näher. Ich hatte gemerkt, daß ich sie zuvor enttäuscht hatte, und wollte es jetzt besser und wiedergutmachen.

»Ich freue mich, daß du rauskommst.«

»Ja?«

»Ja, und ich freue mich, daß du in der Nähe sein wirst.« Ich erzählte ihr von der Wohnung und Arbeit, die ich für sie gefunden hatte, von den kulturellen und sozialen Angeboten im Stadtviertel, von der Stadtbücherei. »Liest du viel?«

»Es geht so. Vorgelesen bekommen ist schöner.« Sie sah mich an. »Damit ist jetzt Schluß, nicht wahr?«

»Warum soll damit Schluß sein?« Aber ich sah mich weder Kassetten für sie besprechen noch ihr begegnen und vorlesen. »Ich habe mich so gefreut und dich so bewundert, daß du lesen gelernt hast. Und was hast du mir für schöne Briefe geschrieben!« Das stimmte; ich hatte sie bewundert und mich gefreut, darüber, daß sie las und darüber, daß sie mir schrieb. Aber ich spürte, wie wenig meine Bewunderung und Freude dem angemessen waren, was Hanna das Lesen- und Schreibenlernen gekostet haben mußte, wie dürftig sie waren, wenn sie mich nicht einmal dazu hatten bringen können, ihr zu antworten, sie zu besuchen, mit ihr zu reden. Ich hatte Hanna eine kleine Nische zugebilligt, durchaus eine Nische, die mir wichtig war, die mir etwas gab und für die ich etwas tat, aber keinen Platz in meinem Leben.

Aber warum hätte ich ihr einen Platz in meinem Leben zubilligen sollen? Ich empörte mich gegen das schlechte Gewissen, das ich bei dem Gedanken bekam, sie auf eine Nische reduziert zu haben. »Hast du vor dem Prozeß an das, was in dem Prozeß zur Sprache kam, eigentlich nie gedacht? Ich meine, hast du nie daran gedacht, wenn wir zusammen waren, wenn ich dir vorgelesen habe?«

»Beschäftigt dich das sehr?« Aber sie wartete nicht auf eine Antwort. »Ich hatte immer das Gefühl, daß mich ohnehin keiner versteht, daß keiner weiß, wer ich bin und was mich hierzu und dazu gebracht hat. Und weißt du, wenn keiner dich versteht, dann kann auch keiner Rechenschaft von dir fordern. Auch das Gericht konnte nicht Rechenschaft von mir fordern. Aber die Toten können es. Sie verstehen. Dafür müssen sie gar nicht dabei gewesen sein, aber wenn sie es waren, verstehen sie besonders gut. Hier im Gefängnis waren sie viel bei mir. Sie kamen jede Nacht, ob ich sie haben wollte oder nicht. Vor dem Prozeß habe ich sie, wenn sie kommen wollten, noch verscheuchen können.«

Sie wartete, ob ich etwas dazu sagen würde, aber mir fiel nichts ein. Daß ich nichts verscheuchen könne, hatte ich zunächst sagen wollen. Aber es stimmte nicht; man verscheucht jemanden auch, indem man ihn in eine Nische stellt.

»Bist du verheiratet?«

»Ich war's. Gertrud und ich sind seit vielen Jahren geschieden, und unsere Tochter lebt im Internat; ich hoffe, daß sie für die letzten Schuljahre nicht dortbleiben, sondern zu mir ziehen will.« Jetzt wartete ich, ob sie etwas dazu sagen oder fragen würde. Aber sie schwieg. »Ich hole dich nächste Woche ab, ja?«

»Ja.«

»Ganz still, oder darf es ein bißchen lauter und lustiger sein?«

»Ganz still.«

»Gut, ich hole dich ganz still und ohne Musik und Champagner ab.« Ich stand auf, und auch sie stand auf. Wir sahen einander an. Es hatte zweimal geklingelt, und die anderen Frauen waren schon ins Haus gegangen. Wieder tasteten ihre Augen mein Gesicht ab. Ich nahm sie in die Arme, aber sie fühlte sich nicht richtig an.

»Mach's gut, Jungchen.«

»Du auch.«

So nahmen wir Abschied, noch ehe wir uns im Haus trennen mußten.

9

Die kommende Woche war besonders geschäftig. Ich weiß nicht mehr, ob ich mit dem Vortrag, an dem ich arbeitete, auch unter Zeitdruck stand oder ob ich mich nur unter Arbeits- und Erfolgsdruck gesetzt hatte.

Die Vorstellung, mit der ich die Arbeit am Vortrag begonnen hatte, taugte nichts. Als ich sie zu überprüfen begann, stieß ich, wo ich Sinn und Regelhaftigkeit erwartet hatte, auf eine Zufälligkeit nach der anderen. Statt mich damit abzufinden, suchte ich weiter, gehetzt, verbissen, ängstlich, als gehe mit meiner Vorstellung von der Wirklichkeit diese selbst fehl, und ich war bereit, die Befunde zu verdrehen, aufzubauschen oder runterzuspielen. Ich geriet in einen Zustand eigentümlicher Unruhe, schlief zwar ein, wenn ich spät ins Bett ging, war aber nach wenigen Stunden hellwach, bis ich mich entschloß, aufzustehen und weiterzulesen oder zu schreiben.

Ich tat auch, was in Vorbereitung auf die Entlassung zu tun war. Ich richtete Hannas Wohnung ein, mit Ikea-Möbeln und ein paar alten Stücken, avisierte Hanna dem griechischen Schneider und brachte die Informationen über soziale und Bildungsangebote auf den neuesten Stand. Ich kaufte Vorräte, stellte Bücher ins Regal und hängte Bilder auf. Ich ließ einen Gärtner kommen, der den kleinen Garten pflegte, der die vor dem Wohnzimmer gelegene Terrasse umgab. Ich tat auch dies eigentümlich gehetzt und verbissen; es war mir alles zuviel.

Aber es war mir gerade genug, um nicht an den Besuch bei Hanna denken zu müssen. Nur manchmal, wenn ich Auto fuhr oder müde am Schreibtisch saß oder wach im Bett lag oder in Hannas Wohnung war, wurde der Gedanke daran übermächtig und trat Erinnerungen los. Ich sah sie auf der Bank, den Blick auf mich gerichtet, sah sie im Schwimmbad, das Gesicht mir zugewandt, und hatte wieder das Gefühl, sie verraten zu haben und an ihr schuldig geworden zu sein. Und wieder empörte ich mich gegen das Gefühl und klagte sie an und fand billig und einfach, wie sie sich aus ihrer Schuld gestohlen hatte. Nur die Toten Rechenschaft fordern zu lassen, Schuld und Sühne auf schlechten Schlaf und schlimme Träume reduzieren – wo blieben da die Lebenden? Aber was ich meinte, waren nicht die Lebenden, sondern war ich. Hatte ich nicht auch Rechenschaft von ihr zu fordern? Wo blieb ich?

Am Nachmittag, bevor ich sie abholen sollte, rief ich im Gefängnis an. Zuerst sprach ich mit der Leiterin.

»Ich bin ein wenig nervös. Wissen Sie, normalerweise wird niemand nach so langer Haft entlassen, bevor er nicht zunächst stunden- oder tageweise draußen war. Frau Schmitz hat das verweigert. Sie wird sich morgen nicht leichttun.«

Ich wurde mit Hanna verbunden.

»Überleg dir, was wir morgen machen. Ob du gleich zu

dir nach Hause willst oder ob wir in den Wald oder an den Fluß wollen.«

»Ich überleg's mir. Du bist immer noch ein großer Planer, nicht wahr?«

Das ärgerte mich. Es ärgerte mich, wie wenn mir Freundinnen gelegentlich sagten, ich sei nicht spontan genug, funktioniere zu sehr über den Kopf statt über den Bauch.

Sie merkte in meinem Schweigen meinen Ärger und lachte. »Ärgere dich nicht, Jungchen, ich hab's nicht böse gemeint.«

Ich hatte Hanna auf der Bank als alte Frau wiedergetroffen. Sie hatte ausgesehen wie eine alte Frau und gerochen wie eine alte Frau. Ich hatte gar nicht auf ihre Stimme geachtet. Ihre Stimme war ganz jung geblieben.

## 10

Am nächsten Morgen war Hanna tot. Sie hatte sich bei Tagesanbruch erhängt.

Als ich kam, wurde ich zur Leiterin gebracht. Erstmals sah ich sie, eine kleine, dünne Frau mit dunkelblonden Haaren und Brille. Sie wirkte unscheinbar, bis sie zu reden begann, mit Kraft und Wärme und strengem Blick und energischen Bewegungen der Hände und Arme. Sie fragte mich nach dem Telephongespräch vom letzten Abend und der Begegnung vor einer Woche. Ob ich etwas geahnt, gefürchtet hätte. Ich verneinte. Es hatte auch keine Ahnung oder Befürchtung gegeben, die ich verdrängt hatte.

»Woher kennen Sie sich?«

»Wir wohnten in der Nähe.« Sie sah mich prüfend an, und ich merkte, daß ich noch mehr sagen mußte. »Wir wohnten in der Nähe und haben uns kennengelernt und befreundet. Als junger Student war ich dann beim Prozeß, bei dem sie verurteilt wurde.«

»Wieso haben Sie Frau Schmitz Kassetten geschickt?«

Ich schwieg.

»Sie wußten, daß sie Analphabetin war, nicht wahr? Woher wußten Sie's?«

Ich zuckte mit den Schultern. Ich sah nicht, was Hannas und meine Geschichte sie anging. Ich hatte Tränen in Brust und Hals und Angst, nicht reden zu können. Ich wollte vor ihr nicht weinen.

Sie hat wohl gesehen, wie es um mich stand. »Kommen Sie mit, ich zeige Ihnen Frau Schmitz' Zelle.« Sie ging voraus, drehte sich aber immer wieder um, um mir etwas zu berichten oder zu erklären. Hier habe es einen Anschlag von Terroristen gegeben, hier sei die Näherei, in der Hanna gearbeitet hatte, hier habe Hanna einmal einen Sitzstreik gemacht, bis die Streichung der Bibliotheksmittel korrigiert wurde, hier gehe es zur Bibliothek. Vor der Zelle blieb sie stehen. »Frau Schmitz hat nicht gepackt. Sie sehen die Zelle so, wie sie in ihr gelebt hat.«

Bett, Schrank, Tisch und Stuhl, an der Wand über dem Tisch ein Regal und in der Ecke hinter der Tür Waschbecken und Klo. Statt eines Fensters Glasbausteine. Der Tisch war leer. Im Regal standen Bücher, ein Wecker, ein Stoffbär, zwei Becher, Pulverkaffee, Teedosen, das Kassettengerät und in zwei niedrigen Fächern die von mir besprochenen Kassetten.

»Es sind nicht alle.« Die Leiterin war meinem Blick gefolgt. »Frau Schmitz hat immer einige Kassetten dem Hilfsdienst blinder Strafgefangener geliehen.«

Ich trat an das Regal. Primo Levi, Elie Wiesel, Tadeusz Borowski, Jean Améry – die Literatur der Opfer neben den autobiographischen Aufzeichnungen von Rudolf Höss, Hannah Arendts Bericht über Eichmann in Jerusalem und wissenschaftliche Literatur über Konzentrationslager.

»Hat Hanna das gelesen?«

»Sie hat die Bücher jedenfalls mit Bedacht bestellt. Ich habe ihr schon vor mehreren Jahren eine allgemeine KZ-Bibliographie besorgen müssen, und dann hat sie mich vor ein oder zwei Jahren gebeten, ihr Bücher über Frauen in KZs zu nennen, Gefangene und Wärterinnen. Ich habe an das Institut für Zeitgeschichte geschrieben und eine entsprechende Spezialbibliographie geschickt bekommen. Nachdem Frau Schmitz lesen gelernt hat, hat sie gleich angefangen, über KZs zu lesen.«

Über dem Bett hingen viele kleine Bilder und Zettel. Ich kniete mich auf das Bett und las. Es waren Zitate, Gedichte, kleine Meldungen, auch Kochrezepte, die Hanna notiert oder wie die Bildchen aus Zeitungen und Zeitschriften ausgeschnitten hatte. »Frühling läßt sein blaues Band wieder flattern durch die Lüfte«, »Wolkenschatten fliehen über Felder« – die Gedichte waren alle voller Naturfreude und -sehnsucht, und die Bildchen zeigten frühlingshellen Wald, blumenbunte Wiesen, Herbstlaub und einzelne Bäume, eine Weide am Bach, einen Kirschbaum mit reifen roten Kirschen, eine herbstlich gelb und orange flammende Kastanie. Ein Zeitungsphoto zeigte einen älteren und einen jüngeren Mann in dunklen Anzügen, die einander die Hand gaben, und in dem jüngeren, der sich vor dem älteren verbeugte, erkannte ich mich. Ich war Abiturient und bekam bei der Abiturfeier vom Rektor einen Preis überreicht. Das war lange, nachdem Hanna die Stadt verlassen hatte. Hatte sie, die nicht las, die lokale Zeitung, in der das Photo erschienen war, damals abonniert? Jedenfalls mußte sie einigen Aufwand getrieben haben, um von dem Photo zu erfahren und es zu bekommen. Und während des Prozesses hatte sie es gehabt, dabeigehabt? Ich spürte wieder die Tränen in Brust und Hals.

»Sie hat mit Ihnen lesen gelernt. Sie hat sich in der Bibliothek die Bücher geliehen, die Sie auf Kassette gesprochen haben, und Wort um Wort, Satz um Satz verfolgt, was sie gehört hat. Das Kassettengerät hat das viele Ein- und Ausschalten, Vor- und Zurückspulen nicht lange ausgehalten, ging immer wieder kaputt, mußte immer wieder repariert werden, und weil's dafür Genehmigungen braucht, habe ich schließlich mitgekriegt, was Frau Schmitz macht. Sie wollte es zunächst nicht sagen, aber als sie auch zu schreiben begann und mich um ein Buch mit Schreibschrift bat, hat sie es nicht länger zu verbergen versucht. Sie war auch einfach stolz, daß sie es geschafft hatte, und wollte ihre Freude mitteilen.«

Ich hatte, während sie sprach, weiter mit dem Blick auf die Bilder und Zettel gekniet und die Tränen niedergekämpft. Als ich mich umdrehte und aufs Bett setzte, sagte sie: »Sie hat so darauf gehofft, daß Sie ihr schreiben. Sie bekam nur von Ihnen Post, und wenn die Post verteilt wurde und sie fragte ›Kein Brief für mich?‹, meinte sie mit Brief nicht das Päckchen, in dem die Kassetten kamen. Warum haben Sie nie geschrieben?«

Ich schwieg wieder. Ich hätte nicht reden, ich hätte nur stammeln und weinen können.

Sie ging zum Regal, griff eine Teedose, setzte sich neben mich und nahm ein gefaltetes Blatt aus der Tasche ihres Kostüms. »Sie hat mir einen Brief hinterlassen, eine Art Testament. Ich lese Ihnen vor, was Sie betrifft.« Sie faltete das Blatt auf. »›In der lila Teedose ist noch Geld. Geben Sie es Michael Berg; er soll es mit den 7000 Mark, die auf der Sparkasse liegen, der Tochter geben, die mit ihrer Mutter den Brand der Kirche überlebt hat. Sie soll entscheiden, was damit geschieht. Und sagen Sie ihm, ich grüße ihn.‹«

Sie hatte mir also keine Nachricht hinterlassen. Wollte sie mich kränken? Wollte sie mich strafen? Oder war ihre Seele so müde, daß sie nur noch das Allernötigste hatte tun und schreiben können? »Wie war sie all die Jahre«, ich wartete, bis ich weiterreden konnte, »und wie war sie die letzten Tage?«

»Über viele Jahre hat sie hier gelebt wie in einem Kloster. Als hätte sie sich freiwillig hierher zurückgezogen, als hätte sie sich der hiesigen Ordnung freiwillig unterworfen, als sei die einigermaßen eintönige Arbeit eine Art Meditation. Bei den anderen Frauen, zu denen sie freundlich, aber distanziert war, genoß sie besonderes Ansehen. Mehr noch, sie hatte Autorität, wurde um Rat gefragt, wenn es Probleme gab, und wenn sie bei einem Streit dazwischenging, wurde akzeptiert, was sie entschied. Bis sie sich vor einigen Jahren aufgab. Sie hatte immer auf sich gehalten, war bei ihrer kräftigen Gestalt doch schlank und von peinlicher, gepflegter Sauberkeit. Jetzt fing sie an, viel zu essen, sich selten zu waschen, sie wurde dick und roch. Sie wirkte dabei nicht unglücklich oder unzufrieden. Eigentlich war es, als hätte der Rückzug ins Kloster nicht mehr genügt, als gehe es selbst im Kloster noch zu gesellig und geschwätzig zu und als müsse sie sich daher weiter zurückziehen, in eine einsame Klause, in der einen niemand mehr sieht und Aussehen, Kleidung und Geruch

keine Bedeutung mehr haben. Nein, daß sie sich aufgegeben hat, war falsch gesagt. Sie hat ihren Ort neu definiert,
in einer Weise, die für sie gestimmt, aber die anderen
Frauen nicht mehr beeindruckt hat.«

»Und die letzten Tage?«

»Sie war wie immer.«

»Kann ich sie sehen?«

Sie nickte, blieb aber sitzen. »Kann einem die Welt in
Jahren der Einsamkeit so unerträglich werden? Bringt
man sich lieber um, als aus dem Kloster, aus der Einsiede-
lei wieder in die Welt zurückzukehren?« Sie wandte sich
mir zu. »Frau Schmitz hat nicht geschrieben, warum sie
sich umgebracht hat. Und Sie sagen nicht, was zwischen
Ihnen beiden gewesen ist und vielleicht dazu geführt hat,
daß Frau Schmitz sich in der Nacht vor dem Tag um-
bringt, an dem Sie sie abholen wollten.« Sie faltete das
Blatt zusammen, steckte es ein, stand auf und strich den
Rock glatt. »Mich trifft ihr Tod, wissen Sie, und im Moment bin ich zornig, auf Frau Schmitz und auf Sie. Aber
gehen wir.«

Sie ging wieder voraus, diesmal wortlos. Hanna lag auf
der Krankenstation in einer kleinen Kammer. Wir konnten gerade zwischen Wand und Trage treten. Die Leiterin
schlug das Tuch zurück.

Hanna war ein Tuch um den Kopf gebunden worden,
um das Kinn bis zum Eintritt der Todesstarre hochzuhal-
ten. Das Gesicht war weder besonders friedlich noch besonders qualvoll. Es sah starr und tot aus. Als ich lange
hinschaute, schien im toten Gesicht das lebende auf, im alten das junge. So muß es alten Ehepaaren gehen, dachte

ich; für sie bleibt im alten Mann der junge aufgehoben und für ihn die Schönheit und Anmut der jungen Frau in der alten. Warum hatte ich den Aufschein vor einer Woche nicht gesehen?

Ich mußte nicht weinen. Als die Leiterin mich nach einer Weile fragend ansah, nickte ich, und sie breitete das Tuch wieder über Hannas Gesicht.

## 11

Es wurde Herbst, bis ich Hannas Auftrag erledigte. Die Tochter lebte in New York, und ich nahm eine Tagung in Boston zum Anlaß, ihr das Geld zu bringen: einen Scheck über den Betrag des Sparbuchs und die Teedose mit dem Bargeld. Ich hatte ihr geschrieben, mich als Rechtshistoriker vorgestellt und den Prozeß erwähnt. Ich wäre dankbar, sie sprechen zu können. Sie lud mich zum Tee ein.

Ich fuhr mit dem Zug von Boston nach New York. Die Wälder prunkten in Braun, Gelb, Orange, Rotbraun und Braunrot und im flammenden, leuchtenden Rot des Ahorn. Mir kamen die Herbstbilder in Hannas Zelle in den Sinn. Als ich vom Rollen der Räder und Schaukeln des Wagens müde wurde, träumte ich von Hanna und mir in einem Haus in den herbstbunten Hügeln, durch die der Zug fuhr. Hanna war älter, als ich sie kennengelernt, und jünger, als ich sie wiedergetroffen hatte, älter als ich, schöner als früher, mit dem Alter noch gelassener in ihren Bewegungen und in ihrem Körper noch mehr zu Hause. Ich sah sie aus dem Auto steigen und Einkaufstüten auf die Arme nehmen, sah sie durch den Garten ins Haus gehen, sah sie die Einkaufstüten abstellen und vor mir die Treppe hinaufsteigen. Die Sehnsucht nach Hanna wurde so stark, daß sie weh tat. Ich wehrte mich gegen die Sehnsucht, hielt ihr entgegen, sie gehe an Hannas und meiner Realität völlig vorbei, an der Realität unseres Alters, unserer Lebensumstände. Wie sollte Hanna, die nicht englisch sprach, in Amerika leben? Und Auto fahren konnte sie auch nicht.

Ich wachte auf und wußte wieder, daß Hanna tot war. Ich wußte auch, daß die Sehnsucht sich an ihr festmachte, ohne ihr zu gelten. Es war die Sehnsucht danach, nach Hause zu kommen.

Die Tochter lebte in New York in einer kleinen Straße in der Nähe des Central Park. Die Straße war beidseitig von alten Reihenhäusern aus dunklem Sandstein gesäumt, bei denen Treppen aus demselben dunklen Sandstein in den ersten Stock führten. Das gab ein strenges Bild, Haus hinter Haus, die Fassaden nahezu gleich, Treppe hinter Treppe, Straßenbäume, erst unlängst in regelmäßigen Abständen gepflanzt, mit wenigen gelben Blättern an dünnen Ästen.

Die Tochter servierte den Tee vor großen Fenstern mit Blick in die kleinen Gärten des Häusergevierts, mal grün und bunt und mal nur eine Ansammlung von Gerümpel. Sobald wir saßen, der Tee eingeschenkt, der Zucker hineingegeben und umgerührt worden war, wechselte sie vom Englischen, worin sie mich begrüßt hatte, ins Deutsche. »Was führt Sie zu mir?« Sie fragte nicht freundlich und nicht unfreundlich; der Ton war von äußerster Sachlichkeit. Alles an ihr wirkte sachlich, Haltung, Gestik, Kleidung. Das Gesicht war eigentümlich alterslos. So sehen Gesichter aus, die geliftet worden sind. Aber vielleicht war es auch unter dem frühen Leid erstarrt – ich versuchte vergebens, mich an ihr Gesicht während des Prozesses zu erinnern.

Ich erzählte von Hannas Tod und Auftrag.

»Warum ich?«

»Ich vermute, weil Sie die einzige Überlebende sind.«

»Was soll ich damit?«

»Was immer Sie für sinnvoll halten.«

»Und Frau Schmitz damit die Absolution geben?«

Zuerst wollte ich abwehren, aber Hanna verlangte in der Tat viel. Die Jahre der Haft sollten nicht nur auferlegte Sühne sein; Hanna wollte ihnen selbst einen Sinn geben, und sie wollte mit dieser ihrer Sinngebung anerkannt werden. Ich sagte das.

Sie schüttelte den Kopf. Ich wußte nicht, ob sie damit meine Deutung ablehnen oder Hanna die Anerkennung verweigern wollte.

»Können Sie ihr nicht die Anerkennung ohne die Absolution geben?«

Sie lachte. »Sie mögen sie, nicht wahr? Wie ist eigentlich ihr Verhältnis zueinander gewesen?«

Ich zögerte einen Moment. »Ich war ihr Vorleser. Es fing an, als ich fünfzehn war, und ging weiter, als sie im Gefängnis saß.«

»Wie haben Sie …«

»Ich habe ihr Kassetten geschickt. Frau Schmitz war fast ihr ganzes Leben lang Analphabetin; sie hat erst im Gefängnis lesen und schreiben gelernt.«

»Warum haben Sie das alles gemacht?«

»Wir hatten, als ich fünfzehn war, eine Beziehung.«

»Sie meinen, Sie haben zusammen geschlafen?«

»Ja.«

»Was ist diese Frau brutal gewesen. Haben Sie's verkraftet, daß sie Sie mit fünfzehn... Nein, Sie sagen selbst, daß Sie ihr wieder vorzulesen begonnen haben, als sie im Gefängnis war. Haben Sie jemals geheiratet?«

Ich nickte.

»Und die Ehe war kurz und unglücklich, und Sie haben nicht wieder geheiratet, und das Kind, wenn's eines gibt, ist im Internat.«

»Das trifft für Tausende zu; dazu braucht es keine Frau Schmitz.«

»Hatten Sie, wenn Sie in den letzten Jahren mit ihr Kontakt hatten, jemals das Gefühl, daß sie wußte, was sie Ihnen angetan hat?«

Ich zuckte mit den Schultern. »Jedenfalls wußte sie, was sie anderen im Lager und auf dem Marsch angetan hat. Sie hat mir das nicht nur gesagt, sie hat sich in den letzten Jahren im Gefängnis auch intensiv damit beschäftigt.« Ich berichtete, was mir die Leiterin der Anstalt erzählt hatte.

Sie stand auf und ging mit großen Schritten im Zimmer auf und ab. »Um wieviel Geld geht es denn?«

Ich ging zur Garderobe, wo ich meine Tasche gelassen hatte, und kam mit Scheck und Teedose zurück. »Hier.«

Sie sah auf den Scheck und legte ihn auf den Tisch. Die Dose öffnete sie, leerte sie, schloß sie wieder und hielt sie in der Hand, den Blick fest darauf gerichtet. »Als Mädchen hatte ich eine Teedose für meine Schätze. Keine wie diese, obwohl es diese Teedosen damals auch schon gab, sondern eine mit kyrillischen Schriftzeichen, der

Deckel nicht zum Reindrücken, sondern zum Drüber-stülpen. Ich habe sie bis ins Lager gebracht, dort wurde sie mir eines Tages gestohlen.«

»Was war drin?«

»Was wohl. Eine Locke von unserem Pudel, Eintritts-karten von Opern, zu denen mein Vater mich mitge-nommen hat, ein Ring, irgendwo gewonnen oder in einer Packung gefunden – gestohlen wurde mir die Dose nicht wegen des Inhalts. Die Dose selbst und was man mit ihr machen konnte, war im Lager viel wert.« Sie stellte die Dose auf den Scheck. »Haben Sie einen Vorschlag für die Verwendung des Gelds? Es für irgendwas zu ver-wenden, was mit dem Holocaust zu tun hat, käme mir wie eine Absolution vor, die ich weder erteilen kann noch will.«

»Für Analphabeten, die lesen und schreiben lernen wol-len. Da gibt es sicher gemeinnützige Stiftungen, Vereini-gungen, Gesellschaften, denen man das Geld geben könnte.«

»Sicher gibt es die.« Sie dachte nach.

»Gibt es auch entsprechende jüdische Vereinigungen?«

»Sie können sich darauf verlassen, daß, wenn es Verei-nigungen für etwas gibt, es auch jüdische Vereinigungen dafür gibt. Analphabetismus ist allerdings nicht gerade ein jüdisches Problem.«

Sie schob mir den Scheck und das Geld hin.

»Machen wir's so. Sie machen sich kundig, was für ein-schlägige jüdische Einrichtungen es gibt, hier oder in Deutschland, und überweisen das Geld auf das Konto der Einrichtung, die Sie am meisten überzeugt. Sie können ja«, sie lachte, »wenn die Anerkennung sehr wichtig ist, das Geld im Namen von Hanna Schmitz überweisen.«

Sie nahm wieder die Dose in die Hand. »Ich behalte die Dose.«

## 12

Inzwischen liegt das alles zehn Jahre zurück. In den ersten Jahren nach Hannas Tod haben mich die alten Fragen gequält, ob ich sie verleugnet und verraten habe, ob ich ihr etwas schuldig geblieben bin, ob ich schuldig geworden bin, indem ich sie geliebt habe, ob ich und wie ich mich von ihr hätte lossagen, loslösen müssen. Manchmal habe ich mich gefragt, ob ich für ihren Tod verantwortlich bin. Und manchmal war ich zornig auf sie und über das, was sie mir angetan hat. Bis der Zorn kraftlos und die Fragen unwichtig wurden. Was ich getan und nicht getan habe und sie mir angetan hat – es ist nun eben mein Leben geworden.

Den Vorsatz, Hannas und meine Geschichte zu schreiben, habe ich bald nach ihrem Tod gefaßt. Seitdem hat sich unsere Geschichte in meinem Kopf viele Male geschrieben, immer wieder ein bißchen anders, immer wieder mit neuen Bildern, Handlungs- und Gedankenfetzen. So gibt es neben der Version, die ich geschrieben habe, viele andere. Die Gewähr dafür, daß die geschriebene die richtige ist, liegt darin, daß ich sie geschrieben und die anderen Versionen nicht geschrieben habe. Die geschriebene Version wollte geschrieben werden, die vielen anderen wollten es nicht.

Zuerst wollte ich unsere Geschichte schreiben, um sie loszuwerden. Aber zu diesem Zweck haben sich die Erinnerungen nicht eingestellt. Dann merkte ich, wie unsere Geschichte mir entglitt, und wollte sie durchs Schreiben zurückholen, aber auch das hat die Erinnerung nicht hervorgelockt. Seit einigen Jahren lasse ich unsere Geschichte in Ruhe. Ich habe meinen Frieden mit ihr gemacht. Und sie ist zurückgekommen, Detail um Detail und in einer Weise rund, geschlossen und gerichtet, daß sie mich nicht mehr traurig macht. Was für eine traurige Geschichte, dachte ich lange. Nicht daß ich jetzt dächte, sie sei glücklich. Aber ich denke, daß sie stimmt und daß daneben die Frage, ob sie traurig oder glücklich ist, keinerlei Bedeutung hat.

Jedenfalls denke ich das, wenn ich einfach so an sie denke. Wenn ich jedoch verletzt werde, kommen wieder die damals erfahrenen Verletzungen hoch, wenn ich mich schuldig fühle, die damaligen Schuldgefühle, und in heutiger Sehnsucht, heutigem Heimweh spüre ich Sehnsucht und Heimweh von damals. Die Schichten unseres Lebens ruhen so dicht aufeinander auf, daß uns im Späteren immer Früheres begegnet, nicht als Abgetanes und Erledigtes, sondern gegenwärtig und lebendig. Ich verstehe das. Trotzdem finde ich es manchmal schwer erträglich. Vielleicht habe ich unsere Geschichte doch geschrieben, weil ich sie loswerden will, auch wenn ich es nicht kann.

Hannas Geld habe ich gleich nach der Rückkehr aus New York unter ihrem Namen der Jewish League Against

Illiteracy überwiesen. Ich bekam einen kurzen computer-geschriebenen Brief, in dem die Jewish League Ms. Hanna Schmitz für ihre Spende dankt. Mit dem Brief in der Tasche bin ich auf den Friedhof zu Hannas Grab gefahren. Es war das erste und einzige Mal, daß ich an ihrem Grab stand.

## Bernhard Schlink
## im Diogenes Verlag

»Makellos-schlichte Prosa. Schlink ist ein Meister der deutschen Sprache. Er schreibt verständlich, durchsichtig, intelligent. Wie beiläufig gelingt es ihm, Komplexität der Figuren, der Handlungskonstellation und des moralischen Diskurses zu erzeugen.«
*Eckhard Fuhr / Die Welt, Berlin*

»Bernhard Schlink gelingt das in der deutschen Literatur seltene Kunststück, so behutsam wie möglich, vor allem ohne moralische Bevormundung des Lesers, zu verfahren und dennoch durch die suggestive Präzision seiner Sprache ein Höchstmaß an Anschaulichkeit zu erreichen.« *Werner Fuld / Focus, München*

*Die gordische Schleife*
Roman

*Selbs Betrug*
Roman

*Der Vorleser*
Roman
Auch als Diogenes Hörbuch erschienen, gelesen von Hans Korte

*Liebesfluchten*
Geschichten
Die Geschichte *Der Seitensprung* auch als Diogenes Hörbuch erschienen, gelesen von Charles Brauer

*Selbs Mord*
Roman

*Vergewisserungen*
Über Politik, Recht, Schreiben und Glauben

*Die Heimkehr*
Roman
Auch als Diogenes Hörbuch erschienen, gelesen von Hans Korte

*Vergangenheitsschuld*
Beiträge zu einem deutschen Thema

*Das Wochenende*
Roman
Auch als Diogenes Hörbuch erschienen, gelesen von Hans Korte

*Sommerlügen*
Geschichten
Auch als Diogenes Hörbuch erschienen, gelesen von Hans Korte

*Selb-Trilogie*
Selbs Justiz · Selbs Betrug · Selbs Mord
Drei Bände im Schuber
Auch als Diogenes Hörbuch erschienen, 2 MP3-CD, gelesen von Hans Korte

Außerdem erschienen:

Bernhard Schlink & Walter Popp
*Selbs Justiz*
Roman